CONTOS
DE
DUENDES
E
FOLHAS
SECAS

Sérgio Medeiros

CONTOS DE DUENDES E FOLHAS SECAS

Ilustrações: Fê

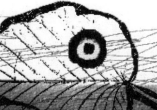

livros da ilha
ILUMINURAS

livros da ilha
divisão infantojuvenil

Copyright © 2016
Sérgio Medeiros

Copyright © desta edição
Editora Iluminuras Ltda.

Capa e projeto gráfico
Eder Cardoso / Iluminuras

Ilustrações
Fê

Revisão
Júlio César Ramos

CIP-BRASIL. CATALOGAÇÃO NA PUBLICAÇÃO
SINDICATO NACIONAL DOS EDITORES DE LIVROS, RJ

M44c

    Medeiros, Sérgio
    Contos de duendes e folhas secas / Sérgio Medeiros ; ilustrações Fê. - 1. ed. - São Paulo : Iluminuras, 2016.
    132 p. : il. ; 23 cm.

    ISBN 978-857321-449-9

    1. Conto infantojuvenil brasileiro. I. Fê. II. Título.
14-14396
                             CDD: 028.5
                             CDU: 087.5

2016
EDITORA ILUMINURAS LTDA.
Rua Inácio Pereira da Rocha, 389 - 05432-011 - São Paulo - SP - Brasil
Tel./Fax: 55 11 3031-6161
iluminuras@iluminuras.com.br
www.iluminuras.com.br

Sumário

AS VIAGENS DOS DUENDES COROADOS

Aviso útil, 9

A PRIMEIRA VIAGEM, 11

Prefácio, 12
Primeiro capítulo, 13
Segundo capítulo, 14
Terceiro capítulo, 16
Quarto capítulo, 17
Quinto capítulo, 20
Sexto capítulo, 21
Sétimo capítulo, 22

A SEGUNDA VIAGEM, 23

Prefácio, 24
Primeiro capítulo, 25
Segundo capítulo, 26
Terceiro capítulo, 27
Quarto capítulo, 28
Quinto capítulo, 29
Sexto capítulo, 30
Sétimo capítulo, 32

A TERCEIRA VIAGEM, 33

Prefácio, 34
Primeiro capítulo, 35
Segundo capítulo, 36
Terceiro capítulo, 37
Quarto capítulo, 38
Quinto capítulo, 39
Sexto capítulo, 40
Sétimo capítulo, 41

A QUARTA VIAGEM, 43

Prefácio, 44
Primeiro capítulo, 45
Segundo capítulo, 47
Terceiro capítulo, 48
Quarto capítulo, 49
Quinto capítulo, 52
Sexto capítulo, 53
Sétimo capítulo, 54

O ÔNIBUS DOS DUENDES COROADOS

ALGUNS DEPOIMENTOS, 57

Prefácio, 58
O primeiro depoimento, 59
O segundo depoimento, 60
O terceiro depoimento, 64
O quarto depoimento, 65

O quinto depoimento, 66
O sexto depoimento, 68
O sétimo depoimento, 69
O oitavo depoimento, 71

UMA RAINHA A BORDO, 73

Prefácio, 74
O choro dos bebês, 75
Um olhar pequeno, 76
As falsas taturanas, 77
Idioma estrangeiro, 80
O reino dos Auwé e o reino dos Bóe, 81
A deusa de barro, 84
Uma rainha de verdade, 85
À espera do ônibus, 88

UM CARDUME DE PEIXES-FOLHA

Prefácio, 90
A primeira folha a esvoaçar, 91
O cardume, 93
Uma senhora muito antiga, 96
Uma mocinha muito atual, 98
O mergulho, 101
O aquário, 105
Depois que as folhas esvoaçaram..., 111

SOBRE O AUTOR, 112

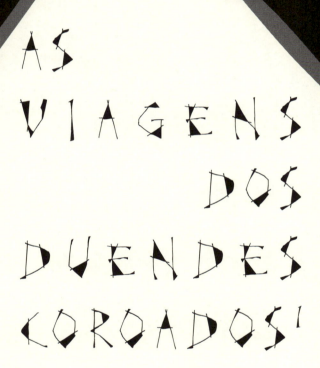

AS VIAGENS DOS DUENDES COROADOS[1]

[1] Na mitologia dos apapocuva-guarani, segundo Curt Nimuendaju Unkel, os duendes indígenas são chamados de *taguató-rembiuí*, "comida de gavião". Eles inspiraram estes contos.

AVISO ÚTIL

Narro aqui algumas viagens que eu mesmo fiz, sozinho ou com a minha mulher e o meu filho. Na verdade, eu talvez nunca tenha viajado sozinho: os duendes coroados *sempre* me acompanharam, aonde quer que eu tivesse ido, como verá o leitor. E quando finalmente passei a viajar com a minha família, eles também se incorporaram a nós, fosse a viagem curta ou longa.

Na última história narro uma viagem que os *taguató-rembiuí* fizeram sem mim...

A PRIMEIRA VIAGEM

De Bela Vista (Brasil) para Bella Vista (Paraguai)
E o retorno para casa

*Para o meu filho Bruno Napoleão, crescendo rápido.
Para o meu sobrinho Renan, já crescido.*

prefácio

Os duendes desta história poderão ser três ou mais. Ou menos. Poderão ser quatro ou dois. Por isso é melhor escrever simplesmente: (três) duendes, ou, sem nenhum exagero, (trezentos) duendes...

Eles são estrangeiros e, quando eu os conheci, residiam no Paraguai. Depois todos vieram para o Brasil. Foi há muito tempo.

A história deles é bem curtinha. Um pouco estranha. Talvez algo misteriosa. Mas vale a pena contá-la.

Primeiro capítulo

Eu cruzei a fronteira num carro velho que o meu pai me deu. Um rio separava os dois países. Acelerei o carro e saltei por cima da água. O carro era bom, pois dispensou a ponte.

Eu caí na pista do aeroporto de uma cidadezinha paraguaia. Talvez eu não devesse dizer aeroporto, mas campo de aviação. Pois só vi mato e, no meio, uma estrada de chão.

— Agora devo voltar para o Brasil — eu disse em voz alta.

Imediatamente ouvi uma algazarra no carro. Virei o rosto para trás e vi (três) duendes sentados no banco velho do meu fusquinha.

Usavam cocares bem coloridos. E disputavam entre si o melhor lugar no banco. Abaixaram o vidro das janelas. Falavam baixinho em guarani.

Pareciam acreditar que estavam num avião ou helicóptero. Isso me fez sorrir. Mas decidi dar uma carona a eles. Não iria enxotá-los do carro. Havia lugar para todos. Embora já fossem uns trezentos, ou mais...

Liguei o motor, mas subitamente apareceu na minha frente o guarda da fronteira e começou a revistar o carro. Ele quis contar (pelo menos assim me pareceu) quantos passageiros eu transportava, mas os duendes eram incontáveis. Talvez o guarda sequer os visse, pois eles imediatamente se agacharam todos, temendo ser fuzilados pelos olhos grandes e irados dele.

— Essa lata velha parece um jumbo! — ele exclamou.

— Pois é... — concordei com ele, mas eu sabia que era um simpático exagero chamar o meu fusca de jumbo.

De repente temi que ele apreendesse o meu carro.

— Desta vez use a ponte — ordenou o guarda, apontando o caminho com o cano longuíssimo do seu fuzil.

Balancei a cabeça afirmativamente.

Segundo capítulo

Na minha casa havia um quintal com mangueiras carregadas de frutas. No chão avistei milhares de frutas brancas. Levei um susto. Mas não eram mangas, eram trouxinhas de pano que os duendes haviam trazido do Paraguai.

Eles tinham dormido ali, com a cabeça nas trouxinhas. Como fazia muito calor, o quintal inegavelmente era o lugar mais confortável da casa.

Nessas trouxinhas — comecei a contá-las, mas quando percebi que passavam de mil, parei — estavam todos os seus pertences. O sol começava a nascer.

Não sou um sujeito indiscreto, não quis abrir as trouxinhas para examinar o que continham.

Elas não deviam conter nada de ilegal, pois os duendes me pareceram pessoas honestas e adoráveis; em outras palavras, eram incapazes de fazer o mal. Por isso os aceitei na minha casa de braços abertos. Eles até poderiam morar comigo pelo resto da vida se isso lhes agradasse. Tenho o coração mole.

Não os vi no quintal. A brilhante luz do sol iluminou as trouxinhas abandonadas.

— Talvez estejam no meu banheiro — ponderei, imaginando uma fila quilométrica de duendes diante da porta que eles abriam e fechavam sem cessar havia horas.

Afinal, quantos duendes eu estava hospedando em casa? A julgar pelas trouxinhas espalhadas no quintal, uma multidão...

Como eu iria alimentar essa gente? Comecei a ficar preocupado. As mangas ainda não estavam maduras...

Terceiro capítulo

A esfumaçada cozinha estava cheia de duendes. Eles faziam uma sopa. No fogão à lenha. Pois esta história aconteceu há muito tempo, quando o carvão e o gás conviviam bem; ora se usava um, ora o outro, conforme o capricho do cozinheiro ou da cozinheira.

Na confusão que reinava na cozinha, eu percebi várias cabecinhas se movimentando de um lado para outro: eram como cebolas girando sem parar num caldo espesso. E cada cebola tinha um chumaço no topo, ou um belo cocar.

A sopa ficou pronta, o cheiro doce do milho impregnava o ar. A sopa me foi entregue surpreendentemente numa bandeja: era um bolo assado no forno. Vi várias bandejas fumegantes circularem ao meu redor. A sopa parecia apetitosa, mas não era para tomar, era para comer.

Com uma faca, cortei um pedaço de sopa quente.

Lembro-me ainda que ela estava excelente, mas nunca soube a receita. Esse é um dos segredos mais bem-guardados dos duendes.

— O bolo deles deve ser líquido — concluí, após comer mais um pedaço de sopa.

Como eu estava curioso para saborear uma colherada de bolo líquido, decidi perguntar se alguém ali fazia aniversário. Eu "encomendaria" então um delicioso bolo líquido de aniversário para homenagear o aniversariante do dia! Confesso que já estava com água na boca!

— Quem faz aniversário hoje? — perguntei, olhando para baixo.

Mais de mil, mais de duas mil mãozinhas se ergueram no ar.

Essa festa de aniversário — pensei alarmado — exigirá um bolo mais longo do que um rio, e tão caudaloso quanto o rio mais caudaloso que separa o Brasil do Paraguai.

Quarto capítulo

À tarde todos nós voltamos para a cozinha para fazer o bolo de aniversário dos aniversariantes incontáveis. Pois não eram dois ou três. Nem quatro ou cinco. Eram (trezentos) aniversariantes, (três mil) aniversariantes. Ou seja, a maior concentração de aniversariantes de que já se teve notícia.

E estavam todos na cozinha da minha casa. Com seus vistosos cocares na cabeça. Uma festa de aniversário é uma ocasião especial, espera-se que todos usem um cocar vistoso. Num baú de antigas fantasias de carnaval achei um cocar que coube perfeitamente na minha cabeça.

O primeiro bolo da festa saiu rapidamente do forno e era um bolo comum, porém sem aroma. Eu esperava um bolo líquido, mas procurei disfarçar a minha decepção.

Tentei cortar uma fatia do bolo, mas foi impossível. O bolo era duro como pedra. Então um duende surgiu com um martelo e, após dar golpes certeiros no bolo, finalmente o partiu em mil pedacinhos brilhantes.

O bolo não era para comer, era para chupar. Pus na boca um pedacinho, era doce como uma bala. Logo identifiquei um gosto acentuado de abóbora. Quando a pedra amoleceu na minha boca, consegui finalmente mastigar o bolo.

— Sirvam-se, sirvam-se! — eu gritei emocionado, me dirigindo a todos, enquanto mais bolos saíam do forno.

Dessa vez, os duendes usaram o fogão a gás, e não havia o menor traço fumaça na cozinha: os bolos duros saíam frios do forno, como se tivessem sido assados horas atrás. Isso me impressionou muito.

Os duendes mais gulosos enchiam a boca de bolo e, para disfarçar, ocultavam o rosto atrás do cocar. Em pouco tempo, ninguém mais usava cocar na cabeça, mas diante do rosto.

Só então percebi que havíamos nos esquecido de cantar "Parabéns pra você"!

Quinto capítulo

Não, não havíamos nos esquecido de cantar "Parabéns pra você!". Os duendes não cantam nada antes de chupar o bolo de aniversário. Só depois de consumir o último farelo de bolo é que eles cantam e batem palmas.

Cantaram com entusiasmo, mas a sua voz soou acima do telhado da casa, não dentro da cozinha, onde praticamente só se ouviam as palmas abafadas. Imediatamente corri para o quintal, para apreciar melhor a música dos duendes.

Tive a impressão de que, em cima do telhado, havia um poste bem alto e, na ponta do poste, um grande alto-falante. A voz dos duendes vinha do céu, ou de um alto-falante invisível. Fiquei olhando para o telhado de boca aberta.

Mas a voz estridente dos duendes irritou uma vizinha, que abriu uma janela e, exibindo o rosto vermelho, me perguntou se os meus papagaios (ela associou a voz dos duendes à voz dessas aves) tinham autorização da prefeitura para sobrevoar o seu quintal aos gritos.

— Hoje é domingo — ela continuou. — Quero sossego!

Então os duendes se calaram espontaneamente. A vizinha fechou a janela e voltou a fazer a sesta. Eu não tirei os olhos do telhado: queria ver o alto-falante. Ou talvez temesse que a cantoria recomeçasse e pusesse a cidade em polvorosa.

Porém nada mais aconteceu. Os duendes começaram a sair da cozinha e, logo em seguida, todos se abrigaram sob as mangueiras, cuja sombra era tão fresca quanto a água de um rio.

O sol ainda estava forte.

Sentados no chão, os duendes mexeram felizes nas suas trouxinhas de pano. Pareciam crianças abrindo presentes.

Sexto capítulo

Quando começou a escurecer, todos os duendes correram para a calçada e se sentaram nela. Então cada um retirou o cocar da cabeça e o depositou no próprio colo. Alguns também despiram a camisa. As mulheres estavam descalças.

Carros e motos passaram a toda velocidade na rua de terra, lançando poeira nos duendes. Mas eles não pareciam se importar com isso.

Percebi que a poeira era a água que os duendes usavam para tomar banho. Eles estavam limpos e não sujos. Após cada carro que passava, mais limpos eles me pareciam, pois a nuvem de poeira era uma ducha eficaz.

Decidi então me sentar entre eles na calçada, mas a poeira me sufocou, comecei a tossir e a esfregar os olhos. Senti grãos de areia na boca. Tive de me levantar.

De olhos fechados e tossindo, corri até o banheiro. Tomei um banho demorado de água verdadeira. Nenhum duende me acompanhou: eles ficaram felizes na calçada, cobertos de pó, digo, de água seca.

Vesti minha melhor roupa. Então saí para a calçada. Eu pretendia mostrar a cidade aos duendes. Mostraria a eles o bar, o cinema, talvez a igreja. Esses lugares estariam cheios no domingo à noite, mas isso não importava. Os duendes cabiam facilmente em todos os lugares.

No dia anterior, só para relembrar, eles haviam se acomodado muito bem no meu carro velho, e já eram então mais de mil.

Eles ainda possuem outras qualidades louváveis: pessoinhas em geral discretas, só incomodavam ou chamavam a atenção quando se punham a cantar em uníssono como um bando de papagaios.

Na calçada empoeirada, porém, não encontrei mais traços deles.

Os duendes tinham ido embora sem se despedir de mim... ou haviam simplesmente se recolhido ao quintal, deitando-se sob as mangueiras imponentes.

Preferi acreditar na segunda hipótese.

Podiam também estar à minha espera no bar, no cinema...

Sétimo capítulo

Amanheceu. Sob as mangueiras vi apenas algumas frutas maduras no chão.

Temendo que as mangas pesadas caíssem sobre as suas cabecinhas e amassassem os seus lindos cocares, os duendes haviam ido embora durante a noite.

O verão apenas começara. A luz do sol me fez fechar os olhos.

Nunca mais voltei a vê-los. É claro que posso estar enganado.

Eu tinha 18 anos quando encontrei os duendes de cocar. Ou coroados. Agora tenho 50 anos, ou um pouco mais. Não podemos contar os duendes. Não podemos (ou não queremos às vezes) contar a nossa idade.

Outro dia, o meu filho me disse que os viu numa sala de cinema 4D...

A SEGUNDA VIAGEM

De Florianópolis (Brasil) para Chicago (Estados Unidos).

Para a Dircinha, professora de crianças.
Para a escultura Cloud Gate ("The Bean"), de Anish Kapoor.

Prefácio

Já estávamos fora do país. O avião que nos trouxe do Brasil pousou suavemente num grande aeroporto. Ninguém nos esperava ali, mas um anãozinho que cuidava das bagagens de repente se aproximou do meu filho de cinco anos e lhe entregou um feijão cru.

Dando um pulo de alegria, o meu filho agarrou firmemente o feijão. Depois abriu a mão.

Na palma da sua mão o feijão parecia uma pequena maleta de couro. Uma maleta surrada. Uma maleta que já viajara muito. E que talvez tivesse encolhido com o passar dos anos. Até ficar do tamanho de um feijão.

— O que será que tem dentro dessa maleta, Bu? — eu perguntei ao meu filho.

— Você a trouxe do Brasil? — acrescentou curiosa a minha esposa, que é professora de História.

— Sim, é a minha bagagem — ele respondeu com um sorriso maroto.

Primeiro capítulo

O táxi nos levou ao mais novo hotel dos Estados Unidos da América. O centro da cidade estava quieto, pois era cedo. Depois de dar muitas voltas o carro parou na entrada de um prédio recoberto de tapumes. Era impossível saber o formato do prédio: quadrado, retangular ou arredondado?

— Vocês são hóspedes ou convidados? — nos indagou a amável recepcionista.

O sotaque dela era diferente, mas falava a nossa língua.

— Somos hóspedes — respondeu a minha mulher, que é professora de Inglês.

— A minha bagagem está pesada — acrescentou o meu filho.

— Vocês terão de deixar suas bagagens com aquele rapaz ali — ela apontou para um anãozinho bem velho que comia sofregamente um sanduíche. — O hotel só está recebendo convidados, pois ainda não foi inaugurado. Mais tarde receberemos os hóspedes. Tenham paciência, por favor.

Entregamos as nossas bagagens para o velho e saímos.

— Vamos visitar a praça — eu disse. — Assim que o hotel for inaugurado, alguém virá nos chamar.

— Então nos darão um quarto confortável com a melhor vista da cidade — disse otimista a minha mulher, que é professora de Literatura.

— Aquele hominho estava com fome — disse o Bu. — Não quis dar para ele o meu feijão.

— Mas o teu feijão não está pesado? — perguntei.

— Bastante — respondeu o Bu. — Tem uma porção de coisas dentro dele.

Nem eu nem a minha mulher sabíamos o que aquela maleta minúscula continha. Mas não fizemos perguntas.

A manhã estava agradável. Era domingo e queríamos caminhar a fim de esticar as pernas, após a longa viagem entre nuvens volumosas.

Segundo capítulo

Na praça não havia quase nada, mas o meu filho pulou de alegria.

— Um feijão! — ele gritou, apontando para uma escultura pousada no chão da praça.

Realmente, era um feijão, mas um feijão gigante. Na verdade era também uma maleta, uma valise descomunal.

— Parece a maleta de um gigante — ponderou a minha esposa, que é professora de Artes Plásticas. — Você não acha, Bu?

— O que terá dentro dela? — eu perguntei, pois sou um sujeito curioso, embora discreto: jamais ousarei abrir maletas alheias.

Quando chegamos perto da maleta de couro (a escultura era de couro surrado), vimos um botão no chão, que brilhou à luz do sol. O meu filho imediatamente se agachou e apertou o botão com a palma da mão direita.

— Não! — gritou a minha esposa, que é professora de Boas Maneiras.

Ouvimos então um chiado agudo sob os nossos pés. Imediatamente saltamos os três para trás.

O piso da praça estremeceu um pouquinho. Vimos a maleta se elevar e depois girar no ar. Então ela começou a descer novamente. Ela pousou no chão, mas agora estava aberta, convidando-nos a entrar nela. Parecia uma sala com a porta escancarada.

— É um cinema! — gritou o Bu.

O interior do cinema estava escuro, mas um raio de sol incidiu numa de suas paredes e ela reluziu. A maleta era de ouro por dentro.

Entramos boquiabertos na sala: o silencioso recinto era muito opulento, embora o ouro ao nosso redor pudesse ser apenas de fantasia.

Terceiro capítulo

Ainda que minúscula, a sala era bastante confortável. Havia muito espaço entre as poltronas luxuosas. Descobrimos ao lado da tela branca uma urna onde deciframos (não estava escrito em português, mas em inglês) esta frase: "Insira aqui uma moeda".

Dei ao meu filho uma moeda do Brasil, mas logo me arrependi.

— Será que ela é válida aqui? — perguntei à minha esposa.

— Hoje em dia a moeda brasileira é válida no mundo inteiro — respondeu a minha esposa, que é professora de Economia.

Quando a moeda desapareceu dentro da urna, as luzes da sala se acenderam e nos sentamos felizes lado a lado na primeira fila.

Um cheiro de pipoca impregnou o ar, mas não encontramos nenhum pacote de pipoca à mão.

— O que será que vamos ver? — perguntei, olhando para o Bu, que se sentara no meio da gente.

— Vejam! — ele exclamou, apontando para a tela, onde apareceram títulos de filmes.

— Não precisamos escolher um com moral no final... — disse com um sorriso a minha mulher, que é professora de Filosofia.

— "O feijão dos duendes coroados" — gritou o Bu, apontando o título com o dedo. — Quero esse!

Como se a voz do Bu fosse um comando mágico, as luzes da sala se apagaram e na tela agora iluminada apareceu um grande saco de pipoca fumegante.

Quarto capítulo

Uma pipoca saltou para fora da tela. Depois outra. E mais outra.

As pipocas caíram na nossa roupa, depois na nossa boca. Estavam quentinhas, deliciosas.

— Posso beber água? — perguntou o Bu.

— Pode — respondeu a minha esposa, que é professora de Geografia.

Um canudo saiu da tela e veio na nossa direção. Depois ele se dividiu em três menores e bebemos água à vontade, cada um com o seu canudinho na boca.

— Acho que agora vai começar — falou o Bu, afastando o canudo e se arrumando melhor na poltrona.

De fato, a tela se encheu de cocares coloridos. Eram os duendes coroados: eles estavam de mãos dadas e mantinham a cabeça inclinada para baixo. De repente, sem erguer a cabeça, saltaram para fora da tela e caíram em pé no chão, diante da primeira fila de poltronas, onde estávamos sentados.

Então levantaram a cabeça e nos encararam pela primeira vez. Um duende subiu nos ombros de outro duende e, como se ambos fossem um totem, o mais alto ergueu um braço num gesto majestoso que pedia silêncio e atenção.

— Acho que eles querem ficar com a maleta do Bu! — disse inesperadamente a minha mulher. — Deve ter muito feijão saboroso dentro dela!

Olhei para o lado e não vi mais o meu filho Bu na poltrona: ele havia fugido da sala de cinema.

— Gente, vamos conversar? — perguntou aos duendes a minha esposa, que é professora de Política.

Quinto capítulo

Encontrei o Bu no meio da praça. Ele ria sem parar.

— Bu, o que aconteceu? Por que está rindo tanto?

— Acho que eu venci os duendes coroados — ele me respondeu, enfiando uma mão no bolso da calça.

— A maleta ainda está no seu bolso? — perguntei.

— Está! — ele disse exultante.

— Mostre para mim — pedi a ele.

Então vi o feijão na palma da mão do Bu. Era igualzinho ao gigantesco feijão que estava na praça, agora inteiramente iluminada pelo sol.

— Pode abri-lo — disse o Bu.

— O será que tem dentro dele? Feijõezinhos?

— Não sei — disse o Bu.

Então com a ponta das unhas abri o feijão. Surgiu o cocar de um duende coroado.

— Feche! — pediu o Bu.

Fechei o feijão, depois de pressionar levemente para dentro dele o cocar do duende coroado.

— Vamos chamar a sua mãe — eu disse

— Mamãe! — gritou o Bu, olhando para a porta da sala de cinema 4D.

Não queríamos entrar de novo ali.

Sexto capítulo

Um funcionário do hotel apareceu na praça, dizendo que ele nos conduziria até o nosso quarto.

— Esta praça pertence ao hotel? — perguntei.

— Pertence — ele respondeu. — Aqui tudo pertence ao hotel.

Então, apontando para o grande feijão às nossas costas, ele disse:

— A maleta é de vocês?

Fui pego de surpresa e não soube o que responder. Então aquela maleta tinha dono? Era de algum hóspede do hotel? Por acaso esse hóspede era o meu filho Bu?

— Sim, é nossa — respondeu jovialmente a minha mulher, que é professora de Matemática. — Alguém poderia levá-la ao nosso quarto?

— Não se preocupe, senhora — respondeu o funcionário do hotel. — O feijão logo estará lá.

Então começamos a andar. Caminhamos muito. O hotel era a cidade toda. E a cidade era grande.

— Um passeio agradável — eu comentei, olhando para o Bu.

Ele caminhava ao meu lado. Estava pensativo. Talvez apenas cansado.

— Um passeio muito agradável — concordou a minha esposa.

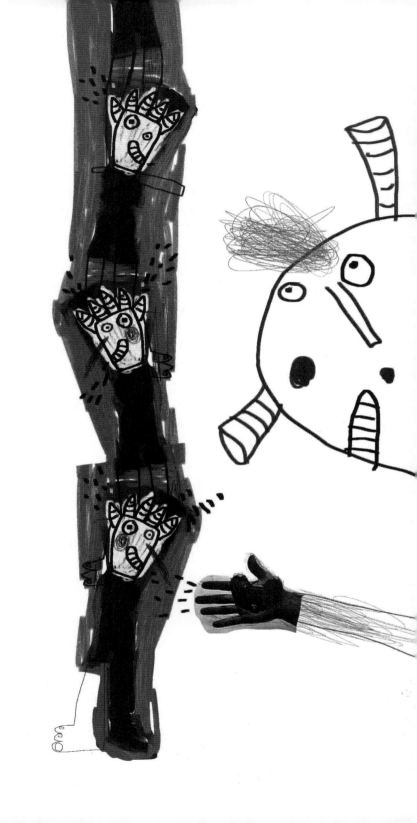

Sétimo capítulo

Ao meio-dia encontramos o hotel. Não era mais um prédio oculto atrás de tapumes. Era um imenso feijão. Um feijão dourado por fora.

— Mas o nosso hotel é também uma valise? — eu perguntei.

— Um feijão — respondeu o moço que nos abriu a porta de vidro. — Ou uma valise. É a mesma coisa.

— Tem duendes coroados aí dentro? — perguntou o Bu, talvez um pouco apreensivo.

— Tem aquele totem lá na portaria — disse em inglês o rapaz, fechando a porta de vidro às nossas costas.

Vimos um duende coroado em pé nos ombros de outro duende que, por sua vez, estava também em pé nos ombros de outro duende, e assim sucessivamente. O totem era altíssimo.

— Eles querem o feijão — gritou o Bu, caminhando na direção do totem. — Não é meu! Tomem!

— Agora é seu, fique com ele — disse o duende mais alto falando em português com sotaque espanhol.

Toda a portaria do hotel estremeceu. A voz era possante, pois o duende falou num megafone, e o megafone era um grande bico de ave.

— Obrigado — disse educadamente o nosso Bu, olhando para mim e depois para a mãe dele. — Vamos para o nosso quarto?

— Assim é que se diz — comentou a mãe dele, que é professora de Antropologia. — Agora somos hóspedes e convidados!

A Terceira Viagem

De Florianópolis (Brasil) para Florianópolis (Brasil)

Para a minha mãe, que gosta de paparicar alguém que já foi muito pequeno...

Prefácio

Os duendes coroados abriram uma loja em Florianópolis. Quem me contou isso foi a minha mulher, que provavelmente sonhou que havia entrado em certa loja misteriosa na praia de Canasvieiras. Sonho ou realidade, confesso que a notícia dessa nova loja me surpreendeu.

Pois eu não sabia que os duendes coroados estavam "atuando" (uso essa palavra intencionalmente, pois eu os considero uma trupe teatral) outra vez no Brasil.

Não conheço talvez a loja deles. Mas posso reproduzir o que a minha mulher me contou, ao despertar bem-disposta certa manhã, num domingo particularmente frio.

— Por que eles abriram a loja deles no inverno? — eu perguntei. — Nesta época do ano Canasvieiras fica às moscas.

Minha mulher simplesmente encolheu os ombros e fez uma careta engraçada, demonstrando enfaticamente que não tinha uma resposta para essa pergunta difícil.

Primeiro capítulo

A lufada de vento sul virou o rosto da minha mulher na direção de uma vitrine. Ela estava passeando no centro da cidade, num sábado à tarde, e falava ao celular há horas, pois estava conversando com sua melhor amiga.

— Que lindo cocar! — ela exclamou, admirando a decoração da vitrine. — Um enorme cocar vermelho!

— Mas onde você está? — quis saber a amiga.

— Estou no centro — ela respondeu. — Na frente de uma loja nova.

O grande cocar vermelho, ocupando toda a vitrine, parecia vivo: as penas coloridas se mexiam sem parar.

— O cocar está vivo! — ela gritou. — Está se mexendo!

— Não me diga! — exclamou a amiga.

Ao aproximar o rosto do vidro, minha mulher notou que o grande cocar era feito de numerosos outros cocares minúsculos e que esses cocares estavam na cabeça de duendes e que cada duende mexia a cabeça sem parar.

— Duendes estão discutindo ou conversando animadamente dentro do cocar — disse a minha mulher.

— Entre logo na loja e verifique o que os duendes estão vendendo — pediu a amiga da minha mulher. — Mas não desligue o celular!

Sem desligar o celular, a minha mulher entrou na loja.

Segundo capítulo

A loja era minúscula. Lá dentro só cabia a minha mulher e mais ninguém.

— Diria que esta loja não está no centro — ela fofocou com a amiga. — Mas bem longe dele, em Canasvieiras.

— Como?! — exclamou a amiga. — Não me diga que essa loja vende roupas de banho em pleno inverno!

— A loja é apenas um provador de roupas, acredite! — exclamou a minha esposa.

— Não desligue o celular, por menor que seja a loja — pediu a amiga.

Achando divertida a situação, a minha mulher fechou a cortina do provador. Porém logo percebeu que a cortina era composta de vários duendes, e cada duende se apoiava nos ombros de outro duende. E todos os duendes estavam olhando para ela.

— Eles estão olhando para mim — disse a minha mulher. — Milhares de duendes, uns em cima dos outros: homens, mulheres, crianças...

— Diga a eles que você precisa provar um maiô — aconselhou a amiga.

— Quero provar um maiô — disse a minha mulher, sem afastar o celular do rosto.

Imediatamente todos os duendes se agitaram e ficaram de costas para ela.

— Obrigada — disse a minha mulher. E acrescentou, falando em voz baixa, só para a amiga ouvir: — São muito discretos, você precisa ver.

— O quê? — berrou a amiga do outro lado. — Fale mais alto, não estou ouvindo nada!

— Depois eu lhe conto tudo — sussurrou um pouco mais alto a minha mulher.

Terceiro capítulo

— Eles estão me aplaudindo! — exclamou a minha mulher, sempre falando ao celular. — Todos os duendes se viraram e agora estão olhando para mim. Eles me aplaudem sem parar.

— Mas você está numa loja ou num teatro? — perguntou a sua amiga.

— Acho que estou... num teatro — declarou a minha mulher. —Agora tenho certeza: estou num teatro!

Alguns duendes coroados lançaram flores na direção da minha mulher. Os aplausos continuaram.

— Obrigada, obrigada! — ela agradeceu, inclinando a cabeça diante da multidão de duendes, ao mesmo tempo que ocultava o celular na palma da mão.

— Está me ouvindo, está me ouvindo? — berrou do outro lado a amiga curiosa.

— Eles me tratam como se eu fosse uma estrela! — disse a minha mulher ao celular. — Mas por quê?

— Você não provou o maiô? — perguntou a amiga maliciosamente.

— É claro que não!

— Não sei não! — disse a amiga. — Você não estava num provador em Canasvieiras?

— Não me confunda! — gritou a minha esposa, interrompendo a ligação.

Ela então abriu a cortina e saiu da loja.

Ou do teatro.

Quarto capítulo

Por insistência minha, fomos nós dois, na segunda-feira pela manhã, ao bairro de Canasvieiras. Fazia muito frio. Não encontramos a loja do sonho dela. Nem o teatro dos duendes coroados.

— Acho que não tem nenhum teatro aqui — eu comentei.

— Eu não sei se o teatro dos duendes fica mesmo em Canasvieiras — comentou a minha mulher. — Talvez o teatro fique no centro da cidade.

Como ela parecia muito desapontada com o repentino sumiço dos duendes coroados, decidi ir com ela ao centro da cidade: juntos buscaríamos o misterioso endereço, que não estava em lugar nenhum e que ora parecia loja, ora uma sala de teatro.

— O que você acha de pegarmos o nosso filho na escola? — eu perguntei, enquanto fazíamos de carro o longo trajeto entre Canasvieiras e o centro.

O nosso filho estava com nove anos e conhecia a história dos duendes coroados melhor do que a gente.

— Sim, vamos pegá-lo na escola, já é quase hora do almoço — concordou a minha esposa.

Paramos na escola. O nosso filho veio correndo ao nosso encontro.

— Eu e sua mãe estamos procurando o teatro dos duendes — eu lhe disse.

— Depois de comer eu levo vocês lá — ele disse com a maior naturalidade. — Estou faminto.

— Vamos comer então! — dissemos numa só voz, minha mulher e eu.

Quinto capítulo

Percorremos vários restaurantes, todos estavam lotados.

— De onde saiu todo esse pessoal? — perguntou o nosso filho, apontando para as mesas de um restaurante que ele apreciava bastante.

— São todos atores — respondeu o garçom. — Vocês não ouviram falar do festival de teatro que está havendo na nossa cidade?

— Por acaso os duendes coroados estão aqui? — perguntou a minha esposa. — Queria muito me encontrar com eles.

— Nunca ouvi falar deles — disse o garçom, que levava um grande pé de alface numa bandeja de prata. — Com licença, os clientes me esperam.

39

Ele se afastou, caminhando na direção das mãos que se agitavam no ar.

— E agora? — disse o nosso filho. — Acho que vou comer na escola.

— Mas você não ia nos levar até os duendes coroados? — eu perguntei, expressando todo o meu desapontamento.

— É impossível achá-los no meio de tantos atores — respondeu o meu filho.

— Mas eles são mesmo atores? — quis saber a minha mulher. — Eu às vezes acho que eles são apenas lojistas...

— Se são lojistas, devem ter aberto uma loja bem pequena, uma lojinha de nada — declarou o nosso filho, caminhando em direção ao carro.

— Em Canasvieras! — declarou a minha mulher.

— Exatamente — disse o nosso filho.

— Mas acabamos de vir de lá — eu protestei.

— Procuramos um teatro, não um loja! — falou a minha mulher.

— Vamos para Canasvieiras! — exclamou o nosso filho, esquecendo talvez a fome.

Então fomos todos para Canasvieiras.

Sexto capítulo

Como fazia muito frio, Canasvieiras estava deserta.

Percorremos as calçadas do bairro comendo pastel de queijo. De repente, o nosso filho viu um cocar imenso numa vitrina.

— O que é aquilo? — ele gritou.

Era uma loja, sem dúvida, pois em Canasvieiras não há teatro, nem cinema...

Como a loja era muito pequena, apenas um de nós três poderia entrar nela.

— Entre você — eu disse para a minha esposa.

— Não, entre você — ela respondeu.

— Eu não preciso de nada — eu disse. — Entre você!

— Eu não! Já entrei ontem! — ela replicou.

— Eu só entro num restaurante — disse o nosso filho, mastigando o seu pastel. — Não quero saber de loja.

— Mas não é loja, é um teatro! — exclamou a minha mulher.

Eu examinei o cocar: ele estava vivo, era feito de muitos outros cocares, e cada cocar que eu via estava na cabecinha irrequieta de um duende!

— Então eu vou entrar — eu disse com resolução.

E entrei na loja.

Sétimo capítulo

Atrás de mim entrou o meu filho. E atrás do meu filho entrou a mãe dele, a minha mulher. A família inteira estava agora no provador de roupas da loja dos duendes coroados. Como era possível?! Talvez fôssemos uma só pessoa.

Mas não havia cortina.

— Cadê a cortina? — eu perguntei.

— Pois é, cadê a cortina? — perguntou a minha mulher.

— Isto é um teatro? — perguntou o meu filho.

Sem a cortina, não era um teatro nem um provador de roupas.

— Bem, eu ainda acho que somos os atores — comentou a minha mulher.

— Mas cadê o público? — perguntou o nosso filho.

Então ouvimos um sonoro ronco. Era a barriga do nosso filho. Ou a minha. Estávamos com fome.

— Os duendes não são bobos — disse o nosso filho. — Eles sabem muito bem que não queremos um teatro, queremos um restaurante!

— Vamos para casa — eu disse. — Preparei uns pratos japoneses para todos nós.

Então saímos da loja, ou do teatro, e fomos os três embora.

De Havana (Cuba) para Havana (Cuba).

Para Ana Mendieta, artista cubana que inspirou esta história.
Para a menininha Maria Carolina.

Prefácio

Ana passeava sozinha no mato. E tirava fotos de galhos, folhas, raízes. Quando estava no mato, ela não usava o celular para falar com os amigos.

Cada vez que ela tirava uma foto com o celular, a folhagem virava uma silhueta humana. Os galhos também. E até as raízes adquiriam uma forma humana — eram um esqueleto perfeito.

Ana era uma artista e gostava muito da natureza de Cuba, onde morava.

Mas ela ainda não sabia que os duendes coroados também estavam lá!

Agora eles eram cubanos, pois haviam se mudado em massa para a ilha de Ana...

Primeiro capítulo

Ana estava muito contente. Ela gostava de fotografar silhuetas, e as silhuetas eram sempre criação sua. Ana arrumava as folhas, os galhos e as raízes no chão, cuidadosamente, até ver surgir ali uma forma humana. Depois fotografava a obra.

Mas agora algo completamente inesperado estava acontecendo: quando Ana olhava para as folhas secas no chão, elas corriam livremente como ratos e desenhavam sozinhas uma forma humana, muito parecida, aliás, com a silhueta da própria Ana, que era uma mocinha bem miudinha...

O celular de Ana não parava de captar essas silhuetas que proliferavam espontaneamente no mato ao redor dela. As silhuetas eram como a sombra que o corpo de Ana lançava na natureza.

Contra o tronco alto de uma palmeira Ana viu uma silhueta em pé. Era formada de raízes úmidas retorcidas. Ao se aproximar do tronco, Ana se sentiu diante de um espelho, pois teve certeza de que estava olhando para a sua própria imagem refletida ali.

Bem, não foi exatamente a sua forma externa que ela viu na palmeira. O que apareceu diante dela? O seu esqueleto. Um belo esqueleto feito de raízes entrelaçadas. Que estremeciam levemente. Um esqueleto vivo!

Ana ficou feliz quando viu o seu esqueleto projetado num tronco de palmeira e tirou muitas fotos dele, aproximando-se cada vez mais do tronco.

De repente Ana notou que algo branco havia se mexido sob o esqueleto. Como ela era curiosa, ousou levantar algumas raízes e ouviu então uns gritinhos de pânico.

Bem, não preciso nem dizer que ela viu nesse momento dois ou três duendes coroados, abraçados nas raízes. Um deles escorregou pelo tronco da palmeira e sumiu de vista.

Minto, não eram duendes coroados. Talvez eu quisesse que fossem. Ana também. Mas ela viu outra coisa. Devo contar a verdade.

Segundo capítulo

— Mas o que é isso?! — Ana exclamou tomada de espanto. — Cadê o cocar de vocês?

Pois aqueles duendes coroados que esperneavam no ar, grudados às raízes, estavam todos sem os seus cocares coloridos. Então devo confessar que não eram duendes coroados, mas só uns duendes bem velhinhos, todos de cabeça branca, mas sem cabelo.

— Bem, velhinhos ou não vocês me ajudaram bastante hoje —agradeceu Ana. — Adorei as silhuetas que vocês criaram: eu fotografei todas.

Imediatamente várias silhuetas espalhadas ao redor da fotógrafa se moveram e se desmancharam. Então apareceram várias cabecinhas brancas, de homens e mulheres carecas. Pareciam cogumelos brotando do chão.

Ana não ousou fotografar imediatamente os duendes, apenas sorriu para eles, virando o rosto de um lado para outro várias vezes, pois agora as cabecinhas lisas estavam à vista em todos os lugares da mata.

— Eu sempre fotografo a minha própria silhueta — disse Ana, olhando os duendes nos olhos.

E com um sorriso encantador, ela acrescentou:

— Mas agora quero fotografar vocês!

Vários dedinhos se ergueram diante dela fazendo o sinal de "não".

Mas Ana era esperta e teve uma ideia brilhante.

— Vamos fazer o seguinte: eu fotografarei um tronco negro que tenha o formato do meu próprio corpo.

Os duendes balançaram a cabeça, concordando, e logo trouxeram para perto de Ana um pedaço de tronco negro que tinha o exato tamanho do corpo dela: era a sua silhueta, sem tirar nem pôr.

— Que lindo! — exclamou Ana. — Agora queiram, por favor, subir todos nesse tronco: vou fotografar vocês fantasiados de cogumelo!

Os duendes aceitaram prontamente o convite e subiram na silhueta de Ana: ela ficou bordada de milhares de cogumelos brancos. Nenhum duende parecia mais um velhinho envergonhado.

Vários duendes subiram nas árvores ao redor de Ana: de repente todos os troncos da mata ficaram forrados de cogumelos.

Ana tirou várias fotos. Primeiro da sua própria silhueta, depois dos troncos em pé, que ladeavam a sua imagem no chão.

Terceiro capítulo

Ana sentou-se à sombra e apoiou as costas num tronco enorme. Vários cogumelos subiram pelo tronco e ganharam os galhos da árvore: temiam decerto ser amassados pela artista. Mas Ana era muito delicada e jamais faria isso.

— Cogumelos — ela começou —, me digam uma coisa: que fim levou o cocar de vocês?

Nenhuma resposta. O vento havia cessado de repente. Até os insetos se calaram.

— Quem teve... o cocar roubado, levante a mão por favor — pediu Ana.

Várias mãozinhas se ergueram bem alto, no chão, nas folhagens, nas árvores...

— Quem aqui já desistiu de usar novamente o cocar? — continuou Ana.

Nenhuma mãozinha ousou se manifestar. Os cogumelos estavam paralisados.

— Sei, sei — disse Ana se levantando. — Vocês ainda esperam ter seus cocares de volta, não é?

Todos os cogumelos agora estavam de pé, em volta de Ana.

— Vamos buscá-los — disse Ana, caminhando no meio da mata. — Quem se apossou dos cocares certamente vai entregá-los para mim, se eu lhe fizer uma boa proposta: trocarei os cocares por uma bela silhueta!

Excitadíssimos, os cogumelos se puseram a caminho, correndo e saltitando atrás de Ana, que tomou a estrada para Havana.

Olhando para trás, ela exclamou encantada:

— Que vitalidade vocês têm! Assim vamos conquistar o mundo!

Quarto capítulo

Atrás de Ana logo surgiu na estrada uma enorme silhueta feita de cogumelos pululantes. A capital ainda estava longe, e o sol forte.

Preocupada, Ana olhou para trás e percebeu que a silhueta havia se afastado um pouquinho do seu corpo. Os cogumelos não estavam mais colados no seu calcanhar. Pareciam agora caminhar mais devagar e foram se afastando cada vez mais de Ana.

Ana então decidiu parar. Os cogumelos também pararam, e vários fugiram do sol, abrigando-se sob as árvores dos dois lados da estrada.

— Vamos pôr uma folha na cabeça — repetiu Ana várias vezes.

Ela também entrou na mata e pegou uma grande folha verde retorcida, que coube perfeitamente na sua cabeça como um elegante chapéu feminino.

Vários cogumelos fizeram mesma coisa e voltaram para a estrada com uma folha verde enrolada na cabeça. Outros cobriram a cabeça com capim. Outros, com flores. Um ou outro, com barro...

Por um momento Ana acreditou que os duendes coroados estavam de volta, pois aquelas cabeças com chapéus extravagantes pareciam cabeças coroadas.

— Vamos — disse Ana. — Não temos tempo a perder!

Tomou de novo a estrada e a longa silhueta a seguiu. Ana olhou para trás e constatou que a silhueta, embora gigante, estava um pouco menor. Deu uns pulos altos para ver melhor. Fotografou a silhueta. De repente viu uns buracos aqui e ali nela...

Muitos cogumelos haviam ficado na mata. E outros continuavam a fugir para lá, à medida que a silhueta de Ana seguia pela estrada. Mas a silhueta estava cada vez mais afastada de Ana, que seguia agora sozinha lá longe, parecendo quase um ponto negro no horizonte.

Um ponto negro que pulava sem parar e fazia sinais para os cogumelos retardatários.

Quinto capítulo

De repente o pontinho negro começou a crescer. Era Ana que voltava correndo pela estrada sob o sol forte. O seu chapéu de folha voou longe, caiu num tufo de capim e saiu rolando na grama. Ela não parou para apanhá-lo de volta.

A silhueta que ela buscava havia sumido completamente da estrada. Ana não viu mais traços dos cogumelos. Só a sua própria sombra negra projetada no chão diante dela.

Ana suspirou e retomou a corrida, indo atrás da sua silhueta. Numa curva da estrada de chão, folhas secas vieram correndo na sua direção em meio à poeira, as maiores estavam na frente das outras, e giraram e saltitaram ágeis.

Quando Ana parou, as folhas também pararam e descansaram no chão arenoso. Ana se ajoelhou e ergueu uma das folhas: não havia nada sob ela.

— Mas foram para onde? — perguntou Ana examinando cuidadosamente o horizonte.

Pousado no galho mais delgado e vacilante de uma árvore, um passarinho aparentemente cansado teve de abrir as asas para manter o equilíbrio, porém não saiu voando dali. A voz de Ana não o assustou.

Ana começou a caminhar pela estrada, sempre chamando:

— Minha silhueta! Minha silhueta! Cadê você?

De repente, correndo como um camundongo, uma folhinha seca cruzou a estrada e parou aos pés de Ana: tinha o rabo estendido e a boquinha aberta.

Delicadamente com a ponta do sapato Ana virou a folhinha...

Sexto capítulo

Ana entrou na mata e recomeçou a fotografar as árvores, o chão... Não encontrou, porém, silhuetas já prontas para fotografar. Por isso teve de se agachar na grama para munir-se de sementinhas, a fim de providenciar para si mesma uma silhueta...

Fez uma silhueta bem pequeninha, a silhueta de um duende coroado. Uma formiguinha passava por perto e desapareceu subitamente.

Ana fotografou a silhueta de vários ângulos e, às vezes, a sua sombra se projetava sobre a forma do duende coroado.

Faltava o cocar. Ana arrancou algumas pétalas rubras de uma flor selvagem e fincou-as na cabeça da silhueta, que ficou coroada.

Então Ana tirou novas fotos, girando em volta da silhueta coroada.

— Era a foto que me faltava — ela declarou por fim, guardando o celular no bolso.

E nesse instante o celular começou a tocar, mas Ana não atendeu.

— Querem saber onde estou — ela disse, tomando a estrada outra vez. — Querem saber com quem me encontrei.

O celular não parava de tocar. Na estrada só se percebia agora um ponto negro que se afastava rumo a Havana. O som altíssimo do celular parecia despertar a estrada. Pássaros e insetos se agitaram.

O pássaro preguiçoso finalmente levantou voo do galho delgado e vacilante.

Sétimo capítulo

Eu nunca estive em Cuba. A minha mulher tampouco. Nem o meu filho. No entanto, Cuba é logo ali.

Se um dia eu for a Havana e alguém me mostrar os cocares dos duendes coroados, com certeza direi: — Eles valem a viagem!

Talvez esses cocares não existam mais.

Os cocares talvez não, mas as silhuetas de Ana sim.

Certamente verei lá as silhuetas, espalhadas pelos campos e pelas cavernas que Ana frequentou. Algumas dessas silhuetas estarão quase irreconhecíveis. Outras só existirão no papel, nas fotografias reproduzidas nos livros de arte.

Mesmo assim direi com convicção:

— Elas valem a viagem!

O ÔNIBUS DOS DUENDES COROADOS

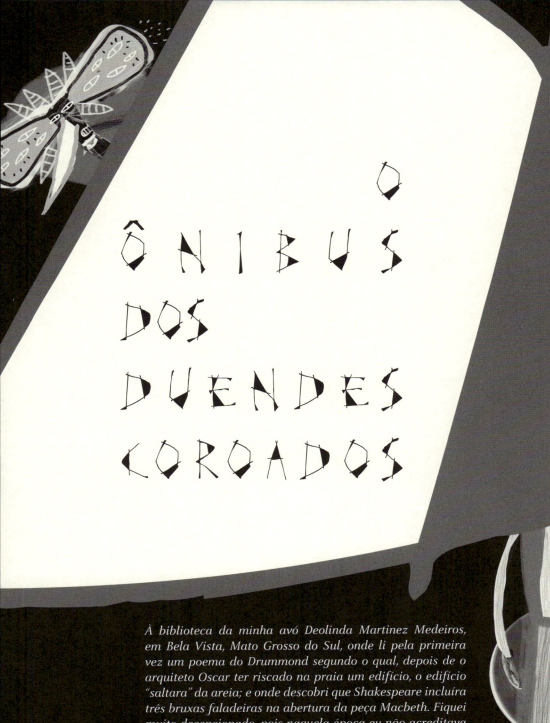

À biblioteca da minha avó Deolinda Martinez Medeiros, em Bela Vista, Mato Grosso do Sul, onde li pela primeira vez um poema do Drummond segundo o qual, depois de o arquiteto Oscar ter riscado na praia um edifício, o edifício "saltara" da areia; e onde descobri que Shakespeare incluíra três bruxas faladeiras na abertura da peça Macbeth. Fiquei muito decepcionado, pois naquela época eu não acreditava em bruxas, só acreditava em arquitetos. Eu teria então uns sete, oito anos.

ALGUNS DEPOIMENTOS

Prefácio

Eu nunca vi o ônibus dos duendes coroados, a não ser de relance, quando ele passou sacolejando numa estradinha de chão envolto em poeira. Portanto, eu mesmo não posso afirmar que já tenha viajado nesse estranho veículo.

Conversei com adultos e crianças que me garantiram terem visto de muito perto esse ônibus — ninguém porém ousou afirmar categoricamente ter viajado nele. Reproduzo neste livro o que alguns deles me disseram. Alguns desses depoimentos foram colhidos no século XX, numa região algo selvagem da América Latina; outros no século XXI, nas metrópoles da Terra. São depoimentos muito distintos entre si...

Como não devo mencionar o nome e o sobrenome de ninguém, resolvi chamar essas pessoas com quem conversei de bruxos e bruxas apenas — assim prestarei uma justa homenagem à literatura que li há muito tempo na biblioteca da minha avó.

O ônibus, segundo ouvi dizer, é muito confortável. Por fora, ele parece antigo, mas (quase) nunca para: é um veículo em excelentes condições, por isso viajar nele é muito seguro. Diria que o ônibus resistiu ao tempo, às estradas péssimas e nunca estragou ou bateu. Vive correndo o tempo todo, na fronteira do Brasil com o Paraguai, ou nas avenidas de Buenos Aires, São Paulo, Nova York, Londres, Paris, Berlim, Tóquio, Pequim...

Mas se ele nunca para, como é que os passageiros conseguem entrar nele? Ou sair dele?

Essas são algumas das questões que espero esclarecer nas páginas deste livro.

O primeiro depoimento

Uma bruxa de 70 anos

O meu passatempo é limpar as sombras das árvores. Então saio de casa toda manhã com uma vassoura e vou parando sob todas as árvores que encontro, para varrer as sombras que elas fazem. Deixo todas as sombras limpinhas. Assim elas ficam também mais frescas. Aproveita a sombra quem quiser...

Um dia eu estava varrendo uma sombra ao lado da estradinha velha quando passou o ônibus e quase me atropelou. Ele era feito de abacaxis. Os abacaxis estavam todos deitadinhos, uns sobre os outros. Não estavam pintados na lataria, não. Eram abacaxis de verdade. E bem madurinhos.

Quando o ônibus passou, ficou no ar um cheiro bom de abacaxi maduro. Um monte de insetos seguiu o ônibus. O ônibus não lançou poeira para trás, só umas asinhas transparentes. Várias asinhas caíram sobre mim depois que ele se foi sacolejando pela estradinha.

Como eu estava com a vassoura na mão, fui juntando as asinhas e fiz um monte bonito na beira da estrada. Eu sabia que

elas iam se espalhar de novo quando viesse a brisa. Então o ônibus voltou quase voando, as asinhas levantaram voo e, como se fossem insetos vivos, seguiram o aroma doce dos abacaxis maduros.

A estradinha velha ficou limpa e cheirosa. Dava vontade de bater palmas.

O segundo depoimento

Um bruxo de 100 anos

Perto do meu rancho mora um bruxo bem velho. Eu também sou um bruxo velho, mas ele é mais. Naquela época ele teria uns 105 anos. Hoje já tem 115 anos.

Então eu comecei a ouvir o som de um tambor. Vinha da casa dele. Era de tarde e eu examinava intrigado uma moita de erva-cidreira, onde um animal silencioso, que não era uma ave, mas um tipo de lagarto ou jacaré, havia feito o ninho e agora iria chocar ali os seus ovos. Contei muitos ovos amontoados no chão e meio cobertos de areia.

O som do tambor não parou mais. Esqueci completamente o que estava fazendo e me deitei numa rede na varanda. Fiquei

apreciando aquela música. Um punho ou uma baqueta percutia o couro sem parar. Não apressava o ritmo.

Imaginei que o meu vizinho estaria festejando alguma data importante. Mas qual? Decidi visitá-lo imediatamente para lhe perguntar.

O rancho dele não estava tão perto quanto eu imaginara. Mas agora o som estava soando mais forte e parecia vir de um lugar próximo. Ficou escuro. Vi as estrelas no alto e ao meu redor e depois uma fogueira no chão. Era o rancho dele!

O tambor era grande, velho, e parecia amassado. O seu couro sujo encarava o céu imenso. Brasas saltavam da fogueira e batiam no couro, produzindo sempre o mesmo som. Era a música do fogo, disse comigo mesmo, admirando o fenômeno. As brasas se desfaziam imediatamente em pó finíssimo e não queimavam o couro. Pelo menos não senti cheiro de couro queimado no ar.

— Veio buscar o tambor? — ele me perguntou depois de me dar as boas-vindas.

— Não, não — tratei de esclarecer.

Ele pôs duas achas no fogo.

— Hoje vi um ônibus — ele contou. — Passou ali atrás, quase voando. Era feito de melancias.

— Melancias? — perguntei, realmente interessado.

— Lindas melancias — ele continuou. — Duas ou três tinham acabado de ser talhadas e derramaram as suas sementes úmidas no chão.

— Então logo nascerão melancias no seu quintal...

— É o que espero — ele confessou. — Esse tambor também caiu do ônibus e veio rolando na minha direção, de repente rodopiou e ficou aí deitado no chão.

Olhei para o tambor. Uma brasa viva saltou da fogueira e bateu no seu couro com a força de um punho. Outra brasa saltou sobre o tambor, com força igual, depois mais outra. De perto o som do tambor me pareceu mais bonito.

Então vimos uns vultos na mata. Eram homens e mulheres, vinham com certeza das redondezas e se aproximaram da fogueira. Tinham sido atraídos pelo tambor percutindo na noite.

— Vieram buscar o tambor? — perguntou o velho sentado numas achas ao meu lado.

— Nós contratamos um músico para animar a nossa festa — contou um senhor distinto, usando terno e gravata. — Mas ele não apareceu. Recebemos um telegrama dele avisando que havia nos enviado um tambor...

— Caiu do ônibus — disse o velho, pondo mais uma acha na fogueira. — Podem levá-lo.

— Obrigado — disse o senhor distinto, levantando do chão o tambor e colocando-o com facilidade na cabeça como um chapéu. — Não devo tomar sereno.

— Podemos levar a fogueira? — pediu uma mulher que usava vestido longo.

— Leve um tição — disse o velho, que era um bruxo muito bondoso.

Ele olhou para mim e eu concordei com a cabeça. Eu não estava sentado nas achas, mas em pé diante delas. Então apoiei os meus cotovelos no monte e estiquei bem as costas, me preparando para a viagem de regresso.

Depois das despedidas o grupo partiu com o tição brilhante e o tambor agora silencioso. Talvez insetos afoitos batessem forte no seu couro sujo durante a viagem até o local da festa. Um tambor daquele tamanho não costuma calar. Curiosamente, eu já tinha visto aquele tambor velho em algum lugar... A quem pertencia?

Como era tarde, achei melhor me despedir também do meu vizinho.

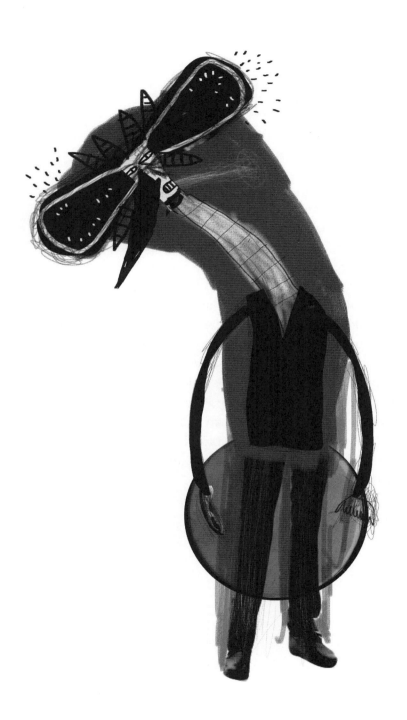

O terceiro depoimento

Um bruxinho de 12 anos

Todos os carros estavam presos num engarrafamento monstruoso no centro da cidade. Ninguém saía do lugar.

As motocicletas foram chegando e ocuparam todos os espaços entre os carros. Então passou ao lado da avenida um ônibus coberto de escamas de peixe: era muito fininho, parecia uma foto num *outdoor*.

Ele foi embora ondulando em completo silêncio. Todo mundo tinha parado de buzinar e vociferar. Acho que os duendes coroados começaram a empurrar o ônibus deles pela calçada quando perceberam que era impossível fazê-lo andar na avenida.

De repente eles ligaram o ônibus e ele se foi como um cometa, estendendo no ar um longo rabo: eram duendes coroados que mexiam as perninhas e se agarravam uns nos outros pela cintura. Os seus cocares pareciam bolhas coloridas no céu.

O ônibus não deixou outro rastro. Sumiu como um anúncio luminoso na parede de prédio.

O quarto depoimento

Uma bruxinha de 17 anos

Numa manhã fria eu fui a primeira turista a subir ao topo do prédio mais alto do mundo. Ventava muito. Vi então, em pé na mureta do terraço, um duende coroado. Era uma mulherzinha, ela olhou para mim e sorriu.

— Você não é uma pomba? — eu perguntei, tomada de surpresa.

Ela continuou no mesmo lugar, olhava e sorria para mim. Eu me aproximei mais dela. Tive a nítida sensação de que a qualquer momento ela sairia voando dali como uma ave.

— Diria que você é uma ave exótica — murmurei para mim mesma. — Uma pomba não tem esse topete colorido!

Ela arrumou o casaco, era uma mulher elegante, embora nada convencional em sua maneira de vestir. Foi então que vi a mala, pousada ao lado dos seus pesinhos. Ela aguardava o ônibus dos duendes coroados! Compreendi isso na hora.

Eu queria ver como ela entraria no ônibus, pois o ônibus nunca para, nem para pegar passageiros nem para desembarcá-los!

Mas daí chegaram os turistas, helicópteros começaram a circundar o terraço, o barulho se tornou ensurdecedor, fui empurrada para trás, não pude mais ver a mureta onde a mulherzinha talvez ainda aguardasse em pé o seu ônibus.

Talvez o ônibus deslizasse pelas paredes do prédio como um andaime ou um elevador bem pequenininho.

Imaginei também um ônibus-inseto todo verde ou marrom: ele devoraria os passageiros a fim de poder levá-los sãos e salvos a seu destino, lá chegando abriria a boca e os vomitaria no chão, todos sequinhos ou só um pouco suados...

Esse ônibus subiria pelas paredes, saltaria sobre os telhados e ainda voaria por cima de toda a cidade, levando os duendes coroados.

O quinto depoimento

Uma bruxa de 99 anos

Ainda era cedo, mas já fazia calor. O sol já ia aparecer. Talvez nem aparecesse, havia muitas nuvens nessa manhã abafada.

Então todas nós nos sentamos sob as árvores do quintal.

Eu era a mais nova de todas, portanto a mais alta também. Eu dirigia o Asilo das Bruxas, uma chácara que ficava afastada da cidade.

— Acho que estamos agora mais perto do cemitério do que da cidade — disse uma bruxa que tinha a sensação de que o Asilo das Bruxas estava se deslocando no chão como um ônibus: cada dia ele se movimentava um pouquinho entre a cidade e o cemitério...

— Estamos no mesmo lugar, querida — disse outra bruxa. — Talvez até um pouquinho mais perto da cidade, que cresceu muito nos últimos anos.

A bruxa mais velha era do tamanho da perua de estimação do Asilo das Bruxas.

— Acho que hoje estou mais baixa — disse essa bruxinha. — Talvez do tamanho de uma galinha.

— Acho que você ainda tem o tamanho da perua — assegurou outra bruxa, ou bruxinha, pois essa também era muito pequena:

não era mais alta do que o cordeiro de estimação do Asilo das Bruxas.

— Um dia terei o tamanho de uma formiga — continuou a bruxinha mais velha.

Essa conversa não teria fim, a bruxinha continuaria diminuindo. Eu já tinha ouvido isso antes. Pelos cálculos dela, dentro de alguns anos todas nós seríamos menores do que um grão de areia.

Uma bruxa que usava bengala estava trêmula e sem voz. Depois de algum tempo, ela interrompeu a conversa da bruxinha mais velha e disse:

— Vocês sabem que eu me levanto cedo... — ela começou.

Todas nós balançamos a cabeça confirmando isso.

— Pois bem — continuou a bruxa madrugadora. — Esta madrugada eu estava sozinha na cozinha e, como fazia calor, abri a porta que dá para os fundos...

— Que imprudência! — comentou uma bruxinha muito recatada.

— Então ouvi uma buzina altíssima! — revelou a bruxa madrugadora. — Soou dentro de casa!

Essa notícia nos deixou mudas.

— Não foi o assobio de um pássaro? — perguntou alguém.

A bruxa madrugadora ainda estava trêmula. Dei-lhe um segundo ou terceiro copo de água.

— Era uma buzina — ela confirmou. — Um ônibus veio dos fundos, entrou na cozinha, atravessou toda a casa e saiu pela frente!

— Será que ele não atropelou os nossos bichos? — perguntou uma bruxa ansiosa.

— Não sejam bobas — eu disse energicamente, a fim de acalmar os ânimos. — Os bichos estão andando por aí sãos e salvos.

De fato, nesse momento passaram diante de nós, em fila, a perua, o cordeiro, as formigas...

— Eu ainda acho que esta casa está nos conduzindo para o pior — insistiu aquela bruxa que acreditava que morávamos numa casa-ônibus em eterno deslocamento.

— É claro que não! — exclamaram indignadas ou alarmadas várias bruxas.

— Está sim! — insistiu a bruxinha pessimista. — Esta casa buzina e cada dia avança um pouquinho!

Era coisa da cabeça dela. Ficamos mudas. Talvez pasmas.

O sexto depoimento

Um bruxo de 112 anos

Muitos anos atrás eu voltava para casa a cavalo. Naquela época eu era jovem, teria uns 53 anos e administrava uma fazenda que era apenas uma floresta. Eu não criava animais, plantava muitas árvores. Bem, a fazenda era arrendada por mim, eu não era o dono.

Eu viajei sozinho nesse dia. A noite estava muito escura. De repente ouvi atrás de mim um barulho pesado: algo despencara das árvores e caíra no chão.

Virei rapidamente a cabeça e vi dois faróis bem às minhas costas: eles se aproximaram muito do cavalo. Para aproveitar essa luz, saí galopando, pois é muito mais seguro e agradável viajar à noite quando a estrada está iluminada.

Os faróis me seguiram em silêncio. Não tive medo de ser atropelado, pois quando eu detinha o galope, os faróis também diminuíam a velocidade.

Quando cheguei na minha casa, à meia-noite, eu disse comigo mesmo que no dia seguinte voltaria para a sede da fazenda pelo mesmo caminho e recolheria as bagagens que haviam caído do ônibus.

Pois eu tinha certeza de que um ônibus me seguira, acelerando e freando. E cada vez que ele freava, porque eu às vezes diminuía o trote do meu cavalo — havia muitos galhos baixos sobre a estrada que me impediam de ir sempre rápido —, do seu bagageiro caía uma sacola ou uma mala, que ficava abandonada na beira da estrada.

Mas o dono da fazenda apareceu na minha casa na hora do café da manhã, dizendo que eu não devia mais voltar para lá. Como eu não tinha dinheiro para continuar pagando pelo arrendamento da sua propriedade, não quis discutir com ele e nos despedimos educadamente.

O sétimo depoimento

Uma bruxinha de 25 anos

Naquele mês ia ser inaugurada a grande exposição de Paul Cézanne, a maior que já houve. Eu tinha acabado de chegar, a cidade ainda era desconhecida para mim. O meu namorado me escreveu dizendo que estava vindo me visitar e pediu que eu comprasse ingressos para a exposição.

Encontrei na esquina um quiosque que vendia ingressos e comprei dois, para o primeiro dia da exposição. Eu sabia que a exposição seria num grande palácio. Isso estava escrito no bilhete. Mas não tinha foto do palácio. Por alguma razão eu estava convencida de que só havia um *grande* palácio na cidade e que a exposição de Cézanne seria nele.

Era um palácio negro, antigo, baixo, circundado por varandas. Ocupava quase uma quadra inteira. Tinha o formato de uma ferradura. Quando o meu namorado chegou, eu o levei até lá para ver a exposição. Fazia frio e a cidade mal despertara.

— Está vazio — ele disse.

— Chegamos cedo — eu respondi.

Então começamos a passear pelas varandas que circundavam todo o palácio.

— Acho que a exposição não abre hoje — disse o meu namorado.

— Abre sim — eu respondi. — Está em todos os jornais e deu na televisão ontem...

Eu comecei a desconfiar de que estávamos no palácio errado. Devia haver outro grande palácio na cidade, um palácio até maior do que aquele. Então decidi procurar alguém para pedir informação e avancei rapidamente por uma varanda. O meu namorado ficou parado lá atrás, lendo um cartaz grudado na parede.

De repente ouvi umas batidas. Vinham de uma sala fechada. Parei diante da porta maciça e fiquei ouvindo os golpes do martelo. Alguém estava batendo pregos numa madeira. Talvez montasse um palco. Foi o que pensei.

Andei um pouquinho e parei diante de outra porta maciça. Ouvi um fiapo de música. Talvez uma bailarina estivesse ensaiando. Foi o que pensei.

Parei de novo, eu estava agora diante da terceira porta maciça. Ouvi vozes atrás dela, vozes fininhas, sussurrando. O meu namorado se aproximou e parou ao meu lado. Ele não ouviu nada. Nem vozes, nem música, nem golpes de martelo.

— Os duendes coroados acabaram de chegar — eu disse.

O meu namorado olhou em volta e não viu nada.

— Cadê o carro deles? — ele perguntou perplexo.

Eu não sabia onde o ônibus dos duendes estacionara (dizem que ele nunca estaciona em lugar nenhum), mas estava convencida de que eles tinham acabado de chegar e que agora montavam um palco e que em breve começariam a ensaiar atrás daquelas portas maciças. Estavam preparando a sala para a estreia de uma ópera ou de um musical que sem dúvida marcaria época, como a exposição de Cézanne. Eu não perderia esse espetáculo por nada neste mundo, mas não sabia onde comprar o ingresso.

Bati várias vezes nas portas. Ninguém abriu. Inseri então o meu cartão de visita debaixo de uma delas.

— Eles vão me ligar — eu disse esperançosa para o meu namorado. — Ou me mandarão um convite. Aliás, dois.

Daí fomos embora, em busca da exposição de Paul Cézanne, com os nossos ingressos no bolso. Encontraríamos certamente outro palácio logo à frente, um palácio talvez alto, claro, transparente, com todas as telas que ele pintou.

O oitavo depoimento

Um bruxinho de seis anos

Eu estava num táxi com os meus pais. O táxi se afastou do aeroporto, os meus pais conversavam animadamente com o motorista numa língua que eu não conhecia, a língua daquele país que visitamos no inverno.

De repente entramos na cidade. Vi uma raposa, ela começou a correr ao lado do carro. Quando o carro parou no sinal, a raposa também parou e subiu na calçada. Ela ficou olhando para mim. Fazia frio, ventava.

Vi que a raposa tinha um rabo leve, grande, e vários pezinhos, todos calçados em botas gastas. Um sol fraco iluminou a raposa. Ela então cruzou a rua, passando na frente do táxi, e subiu na outra calçada.

Eu reconheci na hora aquelas perninhas. Reconheci as botas também. Eram as botas dos duendes coroados. A pele de raposa deveriam ser os cocares coloridos deles. Eles estavam passeando juntos no final de tarde, em fila, como se estivessem todos num ônibus.

Então o táxi se afastou. Olhei para trás: vi a raposa com a cabeça erguida, ouvindo a conversa de duas senhoras paradas na esquina.

Prefácio

Os depoimentos sobre o ônibus dos duendes coroados, que recolhi ao longo dos anos, me permitem agora reconstituir na íntegra pelo menos uma viagem que um passageiro especial — um bruxo longevo — fez "a bordo" desse misterioso veículo.

Minto, reconheço isso. Quero então alertar o leitor sobre o fato de que ele fez toda a sua viagem ao lado desse veículo quase secreto, sem nunca ter podido entrar nele, como faria um passageiro, digamos, com passagem comprada. Com certeza ele o viu passar, com certeza o seguiu, com certeza caminhou pelas estradas o lado dele...

Quando a viagem começou, o bruxo era muito pequeno, e o ônibus parecia de brinquedo. Quando a viagem "terminou", o bruxo continuava pequeno (havia encolhido muito com o passar dos anos), mas o ônibus lhe pareceu talvez gigantesco...

O bruxo concordou em ter a sua história publicada, mas me pediu que não mencionasse nomes de lugares nem de pessoas. Espero poder cumprir o que lhe prometi.

Então a viagem começa agora...

O choro dos bebês

Eu nasci na Maternidade dos Duendes Coroados. Nasci bem cedo, às 6 da manhã. O meu pai ficou o tempo todo ao lado da minha mãe e, à noite, quis dormir no hospital, para cuidar de mim. A minha mãe ficou muito agradecida. Ela estava exausta mas feliz, ao lado do filho recém-nascido e do marido.

Havia muitos recém-nascidos na maternidade e todos choravam quase sem parar. Então o diretor da maternidade entrou no quarto, na manhã seguinte, me examinou e disse:

— Estou ouvindo muito choro por aqui.

— São as crianças dos nossos vizinhos — explicou o meu pai. — O meu filho quase não chora.

A minha mãe olhou para o médico e balançou a cabeça afirmativamente.

— Vou dar um jeito nisso — disse o médico, um bruxo muito alto. — Chamarei o ônibus dos duendes coroados: eles recolherão toda essa choradeira e a levarão para dar um passeio pela cidade.

O médico saiu e fechou a porta. Dali a pouco o meu pai e a minha mãe ouviram o som abafado de um pequeno veículo que deslizava suavemente atrás da porta. Ele foi até o final do corredor e voltou. Imediatamente as crianças pararam de chorar.

— O ônibus levou embora o choro da criançada — comentou o meu pai.

— Acho que o ônibus trouxe mamadeiras para todo mundo — disse a minha mãe.

O meu pai então abriu a porta e examinou o corredor. Não havia nada ali, nem ônibus, nem mamadeira, nem duendes.

— Que silencio abençoado — disse o meu pai fechando a porta e sentando-se numa poltrona ao lado do meu bercinho. Eu dormia profundamente.

Horas depois chegou a minha avó. Ela disse que passou na rua por um ônibus que estava cheio de choros e risadas. Mais risadas do que choros.

— Ah, o ônibus levou a choradeira para passear! — admitiu a minha mãe, olhando para o meu pai.

Ambos sorriram.

Um olhar pequeno

Quando eu fiz cinco anos, eu tinha o olhar pequeno. Eu via um avião no céu, ele era pequeno. Ele dava voltas e pousava diante de mim, e continuava pequeno, quase do mesmo tamanho.

— Está vendo agora como ele é grande? — perguntavam os meninos maiores.

Eu balançava a cabeça negativamente.

Uma vez estávamos brincando na cabeceira de uma pista de terra e um avião passou por cima da minha cabeça, quase raspando nela.

— Que aviãozão! — gritaram todos os meninos, atirando-se no chão.

— Que ventania! — exclamou a mocinha que cuidava da gente.

Eu não senti nada, os meus cabelos estavam no lugar, nenhum fio havia se mexido. Todos olharam para mim assombrados.

— O olhar dele é pequeno — explicou a mocinha que nos acompanhava. — Todo avião que ele vê é do tamanho de um avião de brinquedo.

— Por que você não usa óculos? — quis saber alguém.

Então vimos um ônibus se aproximar do avião em meio a uma nuvem de poeira. O ônibus ficou girando em volta do avião, enquanto pegava rapidamente os passageiros. Como ele não parou um só minuto, parecia um inseto doido. As janelas estavam todas abertas e os passageiros se lançaram da porta do avião para dentro dele, segurando firmemente as bagagens.

— Aquele ônibus não é pequeno demais? — perguntaram os meninos olhando para mim.

— É grande — eu respondi. — Parece pequeno porque está longe.

— Mas daqui ele parece bem pequeno — disse a mocinha, em pé na cabeceira da pista. — Parece de brinquedo.

— É o ônibus dos duendes coroados — eu disse.

— Ah! — exclamaram todos. — Então o ônibus não é grande nem pequeno!

— Cabe todo mundo nele — eu comentei.

As falsas taturanas

Depois da chuva do meio-dia, o sol voltou a brilhar à tarde e as goiabas ficaram apetitosas no pé. Uma mocinha não resistiu e subiu na goiabeira. Sentou-se num galho alto e devorou uma goiaba verde por fora e vermelha por dentro. A fruta estava, como ela disse, "no ponto", nem mole nem dura demais.

— Está crocante — ela gritou lá de cima — e é doce como um sorvete.

Eu permaneci no chão, com um saco de plástico na mão esquerda: colocaria dentro do saco as goiabas que ela atiraria para mim e que eu agarraria com a mão direita. Mas por enquanto ela estava apenas saboreando a fruta lavada de chuva.

De repente ela soltou um grito. Tinha visto uma taturana negra e peluda no galho onde havia acabado de pousar os pés, a fim de alcançar outro galho mais alto, onde havia uma goiaba reluzente, talvez a mais linda de todas.

Chorando e tremendo muito ela me disse:

— Tem taturanas por toda parte!

Temi que ela se atirasse no chão. As taturanas são em geral assustadoras e queimam a pele da gente. Ajeitei melhor os óculos no rosto e fiquei na ponta dos pés. Não consegui, porém, ver as temíveis taturanas.

— Me traga uma tocha, por favor — ela implorou. — Vou queimá-las!

Foi então que vi duas ou três formas negras e peludas se mexendo rapidamente no galho onde a mocinha apoiara os pés.

— Ora, ora! — eu exclamei rindo. — Você está na rodoviária dos duendes coroados.

— Você ri?! — ela perguntou espantada.

— Claro, essas taturanas são ônibus — expliquei.

Depois de um minuto de silêncio, a mocinha disse:

— Não é possível!

Com incrível agilidade, ela desceu então da goiabeira, sem um único arranhão. Já sã e salva no chão, suspirou aliviada.

— Então eu estava numa rodoviária! — ela disse sorrindo. — Os meus pais não podem saber disso, vão achar que eu pretendia fugir de casa.

— Você fugiu para o chão! — eu disse entregando-lhe o saco de plástico vazio. — Eis a sua bagagem.

Idioma estrangeiro

Quando eu entrei na faculdade, comecei a estudar números. Eu também queria estudar letras, então decidi me inscrever num curso qualquer de língua estrangeira.

Como eu tinha — e ainda tenho, sublinho — grande interesse pela cultura dos duendes coroados, decidi me inscrever num curso de guarani. Mas eu sabia que os duendes coroados não falam um guarani qualquer, mas um guarani especial, um dialeto muito raro, diria até secreto.

Visitei uma escola no bairro paraguaio, todo esperançoso. A diretora estava fazendo a sesta. Fiquei na secretaria esperando ela acordar. No meio da tarde ela surgiu na sala e me pareceu meio descabelada. Depois de sentar-se na minha frente, ela começou a pentear a melena. A sua boca estava cheia de grampos.

— Vou te dar um conselho — ela disse depois de prender o cabelo rebelde com os grampos molhados de saliva. — Você é jovem, arranje uma namorada paraguaia. Vai aprender guarani num instante.

Rapidamente a diretora pintou os lábios de vermelho.

— Bem... — eu balbuciei. — É que eu não queria aprender o guarani urbano, mas o dialeto dos duendes coroados...

— Não seja passadista, meu jovem — disse a diretora me empurrando para fora da secretaria. — Procure uma moça paraguaia por aí, o bairro está cheio de beldades.

Eu havia nascido na Maternidade dos Duendes Coroados. Estudara no Jardim de Infância dos Duendes Coroados. E agora não conseguia encontrar, naquela cidade grande para onde eu acabara de me mudar, a Escola de Idiomas dos Duendes Coroados.

Era como se os duendes coroados tivessem desaparecido de repente.

Mas eu sabia que o Reino deles ficava em algum lugar da América do Sul. Bastaria eu entrar no ônibus certo para, num belo dia, chegar lá...

Decidi então fazer um curso de férias no Reino dos Duendes Coroados. Estávamos em março. Eu, se quisesse, poderia viajar nas férias de julho, mas acabei optando por viajar em dezembro... Passaria o Natal, o ano-novo e o carnaval no Reino dos Duendes Coroados...

Na esquina, enquanto esperava o sinal abrir, eu não parei de estalar os dedos. Talvez eu ainda duvidasse que pudesse fazer, no final do ano, essa viagem tão sonhada.

Daí eu fantasiei, à medida que ia apertando os dedos da mão esquerda com os dedos da direita, que esse estalido dos ossos era usado entre os duendes coroados para comunicar certas mensagens: como a solicitação de reserva num hotel, por exemplo, ou de um bilhete de passagem.

O reino dos Auwé e o reino dos Bóe

Depois que me formei engenheiro, o governo brasileiro me contratou para construir umas casas no Reino dos Auwé. Como eu ainda não havia visitado o Reino dos Duendes Coroados, imaginei que entre os auwé eu poderia encontrar mais facilmente o caminho que me levaria a esse tão sonhado lugar.

A minha lógica era implacável: um reino geralmente faz fronteira com outro reino; logo, ao lado dos auwé devem morar alguns, ou muitos, duendes coroados. Cruzar a fronteira seria fácil. Então fiz as malas, me despedi da família (nessa época eu ainda morava com os meus pais) e entrei num ônibus do governo.

A viagem foi tranquila. Chegando ao meu destino, pus mãos à obra e construí imediatamente uma casa, que agradou a todos: ela tinha uma árvore dentro. Logo fiz muitos amigos no Reino dos Auwé. Um rapaz muito esperto me confessou, depois de certa relutância, que um rio separava o Reino dos Auwé do Reino dos Duendes Coroados.

Por alguma razão, esse assunto era tabu entre os auwé, ninguém gostava de falar em "atravessar a fronteira".

— Sabe o que é — disse o rapaz em voz baixa —, tem bichos naquele rio: arraias gigantes muito venenosas.

— Arraias! — eu respondi, estremecendo todo. — Mas a gente pode usar uma canoa, uma balsa para atravessar o rio...

— Todo mundo atravessa o rio caminhando — insistiu o rapaz. —As arraias é que escolhem quem deve alcançar a outra margem...

Imaginei as arraias atacando os indesejáveis no meio da correnteza e mandando-os de volta, cheios de ferroadas doloridas, para o Reino dos Auwé: estariam oficialmente impedidos de chegar à margem oposta.

— Se o senhor fosse bem velhinho, poderia atravessar sem medo — revelou o rapaz. — Gente velha as arraias não atacam...

As arraias ficam no fundo do rio, em fila, e formam um caminho. Os viajantes devem ir pisando nas arraias como se elas fossem pedras. Quem não segue o caminho, se perde (fica "cego", disse o meu amigo) e nunca mais chega à outra margem. Além disso, há outro motivo para não se usar canoas ou jangadas — a correnteza se enfurece de repente e as leva embora, não adianta nada remar com força redobrada.

Em geral, os viajantes que entram no rio já levam uma ferroada ao colocar os pés na primeira arraia do caminho, dão gritos e voltam, saltando numa perna só — as arraias só atacam um dos pés do viajante, nunca os dois de uma só vez.

Quem me revelou tudo isso foi esse rapaz de minha confiança que, num domingo à tarde, enquanto ouvíamos juntos um jogo de futebol pelo rádio, dera com a língua nos dentes, vencido pela minha insistência.

— Eu mesmo nunca tentei cruzar o rio — ele me contou.

— E vem muita gente do outro lado para cá? — eu perguntei.

— Nunca vi — ele disse me olhando nos olhos, e não parecia estar mentindo ou escondendo algo de mim.

— Ah! — eu suspirei. — Se pudéssemos construir uma ponte...

O rapaz arregalou os olhos e não disse nada.

— É claro que não temos os recursos necessários...

Esse comentário acalmou o rapaz — percebi que ele ficara muito nervoso com a ideia de se construir uma ponte sobre o rio das arraias... Naturalmente, a ponte tornaria o Reino dos Auwé mais vulnerável e poderia atrair uma horda de seres indesejáveis...

No dia seguinte o rapaz passou a me evitar. Eu não quis insistir no assunto, pois a minha intuição me dizia que na outra margem ficava, conforme consta dos livros oficiais que eu trouxera comigo, o Reino dos Bóe, cujos rituais são famosos no mundo todo, e não o Reino dos Duendes Coroados...

É claro que eu poderia, com a ajuda dos mapas do governo, localizar o rio, mas, nesse caso, eu enfureceria talvez os auwé, que preferiam, aparentemente, me ver longe do perigoso caminho das arraias...

Assim, ignoro até hoje a cor e a largura desse temível rio das arraias, que eu nunca vi...

Nos meus sonhos, o rio é escuro e caudaloso. Na outra margem tem um morro onde, de vez em quando, surge um cocar, que logo desaparece na folhagem verde.

A deusa de barro

Enfim, senti que chegara a hora de casar. Eu já tinha casa própria e poupança no banco. Mas me faltava a noiva. Decidi buscar uma no Paraguai. Uma noiva que falasse fluentemente o idioma guarani, o mesmo usado pelos duendes coroados.

Como o leitor não ignora, a população de Assunção fala guarani e espanhol. Atravessei à tardinha a fronteira seca, que é apenas uma rua separando o Brasil do Paraguai, e tomei o primeiro ônibus noturno. Na manhã seguinte, desci na capital paraguaia.

Fui muito bem tratado. Numa lanchonete, me serviram a famosa sopa dura dos duendes coroados, que eu comi com garfo e faca, levando à boca pequenas fatias fumegantes. Essa sopa me deu ânimo e coragem.

— Estou procurando uma deusa — declarei de repente em voz alta, deixando entender que eu pretendia encontrar no Paraguai uma noiva de beleza inigualável.

As pessoas que estavam sentadas ao meu lado no balcão da lanchonete me olharam boquiabertas. Como eu temia ter dito algo imprudente num país estrangeiro que eu visitava pela primeira vez, tratei de amenizar a frase:

— Isto é, estou procurando uma estatuazinha...

Isso não fazia o menor sentido para mim, mas todos sorriram e balançaram a cabeça em sinal de aprovação.

— A deusa de barro — repetiu um senhor gordo, depois de mastigar um grande pedaço de sopa. — Você procura aquela deusa com os braços erguidos?

— É claro — disse outro. — Tem uma estátua dela à venda na praça.

Depois que terminei a minha rápida refeição, todos me acompanharam gentilmente até a praça. A estátua tinha sido vendida para um delegado de polícia, e agora enfeitaria a entrada de uma delegacia. Mas no dia seguinte haveria outra estátua igualzinha àquela, com as mãos para o alto, à minha disposição.

— Ela ficará encostada nesta árvore — disse o escultor, tamborilando com os dedos no tronco grosso e áspero. — É só o senhor passar por aqui amanhã.

Eu estava curioso para ver essa deusa, mas confesso que não pretendia voltar para o Brasil levando comigo uma grande estátua de barro.

No outro dia, percorri a praça disfarçadamente, usando óculos escuros e chapéu. Fui imediatamente preso, pois acharam que eu era um espião em missão secreta — se me deixassem em liberdade, isso poderia arranhar a soberania do Paraguai. Felizmente tudo se esclareceu, e ao meio-dia tomei o ônibus de volta para o Brasil. Eu continuava solteiro.

Uma rainha de verdade

No Brasil encontrei uma rainha de verdade e me casei com ela. Não tivemos filhos. Um dia vi a minha esposa voltar para casa carregada de sacolas com carrinhos e aviões de brinquedo. Aquilo me surpreendeu.

— É para mim? — eu perguntei sorrindo. — Estou me sentindo um velho, não uma criança!

— É para nós dois — ela respondeu séria. — Mas na verdade só precisamos das escadinhas...

Dito e feito, ela retirou as escadinhas dos aviões e dos caminhões de bombeiros e as entregou para mim.

— Segure isso — ela me pediu passando as escadinhas de plástico: eram amarelas, azuis, vermelhas...

Os brinquedos foram devolvidos às sacolas que ficaram na sala, amontoadas num canto. Seriam doados a alguma creche, imaginei, mas não fiz perguntas.

— Estas escadinhas... — comecei a dizer, sem saber o que fazer com elas.

— Serão utilíssimas — disse a minha mulher, entrando no corredor e abrindo a porta do único quarto da casa que estava vazio, sem móveis nem quadros nas paredes.

Eu a segui, cheio de curiosidade. Entramos ambos no quarto.

— Pode espalhar essas escadinhas pelo quarto, de preferência encostando-as às paredes.

Fiz o que ela me pediu. Agachei-me no piso com certa dificuldade e espalhei as escadinhas, duas encostadas a uma parede, três junto à outra...

— Um dia — disse a minha mulher, parada no meio do quarto — nós dois pisaremos os degraus dessas escadinhas...

— Como?! — exclamei espantado. — Ficaremos tão pequenininhos assim?

A minha mulher balançou afirmativamente a cabeça. Nesse momento compreendi que ela era a Rainha dos Duendes Coroados. Só podia ser isso! Na companhia dela eu viajaria finalmente no ônibus dos duendes coroados! Eu estava agachado no piso, sem poder me levantar. As minhas pernas estavam moles.

— Me dê a mão, querida — eu pedi a ela.

À espera do ônibus

A minha mulher nunca admitiu que era uma rainha. Mas sabia muito mais sobre os duendes coroados do que eu.

— Um dia nós dois entraremos juntos naquele quarto sem abrir a porta — ela comentou, apontando para o corredor onde havia o quarto vazio.

— Passaremos por baixo da porta?

— Exatamente.

— E o que encontraremos lá? — eu quis saber.

A minha mulher fechou os olhos, reclinou-se na poltrona e disse baixinho:

— Encontraremos o ônibus dos duendes coroados pendurado numa parede e entraremos nele...

Imaginei um pequeno casulo escuro, preso numa parede. Uma escada de plástico permitiria que nós dois entrássemos nele. Seríamos nós os únicos passageiros? Olhei para a minha mulher: ela havia adormecido.

A minha rainha era quase uma menina. Também eu havia diminuído muito de tamanho com o passar dos anos. Um dia nós dois seríamos menores do que os bebês. Do tamanho de uma formiga. Ou talvez finos como uma folha. Então rolaríamos no piso e passaríamos para o outro lado.

Ou seja, entraríamos juntos no quarto sem abrir a porta.

UM CARDUME DE PEIXES- -FOLHA

Para a Alai Garcia Diniz e
os duendes que proliferam ao pé dos Andes.

Prefácio

Uma folha escapou de um dos livros que escrevi antigamente (sou autor de um, dois ou três livros velhos e puídos) e saiu voando da estante. Eu estava sentado na minha biblioteca, num final de tarde, apreciando umas estampas japonesas. A folha pousou no meu joelho.

Curiosamente, nessa folha solta (antes branca, agora amarelada) estava impressa a história de uma folha que eu vira certa vez no jardim. Uma folha que era metade verde, metade amarela, e que logo ficaria inteiramente marrom. Reli o que havia escrito tempos atrás.

Então muitas outras folhas surgiram diante de mim. Vinham dos livros, vinham das árvores. Fui envolvido por um *cardume* de folhas de todas as cores. Os peixes-folha se agitaram no ar e tocaram o meu rosto, as minhas mãos...

Quero contar a história desse cardume de peixes-folha, ou melhor, de alguns peixes apenas. Sendo o cardume imenso, não posso pretender falar de cada peixe-folha individualmente.

Esclareço que vivo diante do mar, na Ilha de Santa Catarina. Moro na casa do meu sogro, que se chama Napoleão. É comum a gente se deparar aqui com cardumes de peixes estranhos e coloridos, e não apenas na água salgada da baía...

Anteontem vi o meu sogro pisar num cardume no jardim, e não o fez por maldade. Vou contar essa e outras histórias para vocês.

A primeira folha a esvoaçar

Então, volto ao começo: certa folha de um obscuro livro pousou diante de mim num final de tarde de um dia qualquer. Peguei imediatamente a folha amarelada porque quis saber o que ela continha (não fui capaz de adivinhar que saíra de um livro do qual eu mesmo era o autor) e li esta aventura:

Um peixe-folha...

A folha estava no galho. O galho na árvore. A árvore no jardim. O jardim na praia. O vento às vezes era forte.

Foi então que a folha decidiu ser peixe e foi embora voando no vento.

Pousou nas pedras. O mar estava perto. Havia voado para trás ou para a frente?

Veio da praia uma rajada fria e a folha correu loucamente nas pedras do terraço. Estava num terraço? Rolou de cá para lá como carapaça vazia de um tatu. Um tatu-folha.

Quando o vento parava a folha parava: angustiava-se. Faltava-lhe ar.

Entusiasmos súbitos a faziam correr de um lado para outro... Mas a folha sentia nitidamente que não levantaria voo. Sentia que era uma casca seca. Casca dura. Curva. Transformara-se num tatu-folha.

Pensou: como tatu-folha poderei correr por aí. Sempre rente ao chão. Então serei um caranguejo. Correrei mais. Alcançarei o mar.

Serei gelatinosa. Tatu transparente. Correrei para o fundo do mar. Depois nadarei entre os peixes. No meu cardume.

A população de tatus aumentava no terraço. As folhas secas batiam umas nas outras a cada lufada de vento marinho.

A folia era tanta...

Porém nunca se viu ou pescou um verdadeiro peixe-folha. Talvez.

Mas folhas grandes e pequenas boiam no mar.

Pareceu-me evidente, enquanto eu olhava para a folha do livro, que um peixe-folha se agitava nela e em breve passaria por uma transformação, ou, como diziam os autores antigos (eu, afinal, sou um deles), sofreria nova metamorfose.

Tal como era o seu desejo, o peixe-folha de fato começou a nadar entre os peixes do seu cardume, de cá para lá. Mas ele estaria no fundo do mar?

Diria que não.

O cardume

Levantei-me da poltrona e corri para o terraço porque ouvi uma voz grossa no jardim. Achei que me chamavam. Cumprimentei o meu sogro, que nesse instante olhou para cima e pediu a minha ajuda para transportar um cesto velho que ele arrastava com dificuldade pela grama.

— O que o senhor está fazendo aí? — eu perguntei.

— Enchi o cesto de folhas secas — ele me disse. — Ainda há muitas outras na grama.

Notei que ele havia começado a varrer o jardim com um rastelo, e a quantidade de folhas soltas no chão à volta dele ainda era infindável. Por alguma razão o nosso jardineiro não aparecera nesse dia.

Desci para o jardim, decidido a ajudá-lo a concluir a tarefa dificílima, senão impossível, de catar todas as folhas esparramadas na grama, nos canteiros, no *deck*. Sem me dar conta levei comigo a folha solta do meu velho livro. Depositei a folha amarelada sobre as outras já recolhidas por ele, folhas de muitas cores — verdes, amarelas, marrons —, e tentei heroicamente erguer o cesto do chão. Foi impossível.

— Vamos levar juntos — propôs o meu sogro, que é pessoa prática e cordata. — As folhas pequenas são as mais pesadas...

— Aonde o senhor pretende levar o cesto? — eu quis saber enquanto recuperava o fôlego e secava a testa.

— Lá atrás da cozinha — ele disse vagamente. — Elas adubarão a terra.

Nesse instante percebi que a folha do meu livro havia desaparecido.

— Seu Napoleão! — eu exclamei. — O peixe-folha sumiu!

Imediatamente enfiei no cesto ambas as mãos e revirei energicamente as folhas.

— Achou? — ele perguntou penalizado.

— Ainda não — respondi desolado.

O meu sogro pensou um instante sem tirar os olhos do cesto meio inclinado, prestes a desabar na grama.

— Vamos esparramar tudo no chão — ele disse.

Eu tentei dizer "Não precisa!", mas ele foi mais rápido do que eu e empurrou o cesto com as mãos. O cesto virou e ficou deitado de lado na grama, como um grande bicho gordo. As folhas secas buscaram afoitas o ar livre, pareciam vivas, eram realmente milhares de peixes-folha deslizando no chão, uns sobre os outros. Que vômito comprido jorrou do bicho gordo caído aos nossos pés!

— Não estou vendo nada... — começou o meu sogro. — O que é mesmo que estamos procurando?

— Uma folha amarelada... — eu expliquei. — Um peixe-folha!

Com os pés o meu sogro foi espalhando na grama o mar de folhas que saíra do cesto.

— Não precisa! — eu protestei.

Constatei de repente que as folhas, agora dispersas no meio do jardim, formaram quase espontaneamente um longo e sinuoso regato, muito bonito de ver. O meu sogro caminhou sobre o regato, indo e vindo sem se dar conta de...

... de que pisava num cardume de peixes-folha!

— O que foi? — ele perguntou ao ver o meu ar de espanto.

— É o seguinte... — eu comecei com certa dificuldade. — Acho que gostaria de examinar uma a uma todas essas folhas, todos esses peixes-folha...

— Faremos isso já! — exclamou o meu sogro dispondo-se gentilmente a me prestar auxílio.

Agradeci, mas disse que ele não precisava sujar as mãos naquilo. Então me inclinei e peguei com os dedos, delicadamente, um dos peixes-folha que nadavam no belo regato do jardim. Evitei ser brusco ou afoito, pois temi afugentar os peixes mais bonitos do cardume.

Ergui-me e, após ajeitar os óculos no nariz, examinei aquele peixe-folha à luz do sol prestes a se pôr atrás das montanhas.

Uma senhora muito antiga

Segurei na palma da mão a folha marrom-clara. Ela parecia um balãozinho de aniversário, com uma imagem pintada por fora. O balãozinho não estava inflado, naturalmente, mas tampouco me pareceu flácido: era sem dúvida uma folha seca, rígida, achatada na palma da minha mão.

— Quem é? — perguntou o meu sogro espiando a folha.

Depois de refletir um pouco, respondi:

— Parece a imagem de uma senhora, talvez de uma deusa...

Entreguei a folha para o meu sogro e ele a examinou demoradamente, como um especialista no assunto. Depois ele disse:

— É muito raro a natureza pintar deuses e deusas em folhas...

Não precisei chamar o meu filho. Ele apareceu de repente no jardim e quis também ver a folha. Pedi que ele tivesse cuidado ao manuseá-la. Rapidamente ele "decifrou" o mistério. Ao devolver-me a folha, disse:

— Muito, muito antigamente a população da nossa ilha era muito, muito baixinha. As mulheres e os homens dormiam nos galhos das árvores, pois era mais seguro. Todos eram tão diminutos que usavam as folhas verdes como colchões. As suas silhuetas ficaram marcadas para sempre nas folhas das árvores. Ou, ao menos, nessa folha aí! Assim, numa folha que nasce hoje pode aparecer inesperadamente a silhueta de alguém que viveu há milênios, pois as árvores têm memória e relembram o passado...

— É uma senhora rechonchuda... — comentou o meu sogro se apossando de novo da folha para examiná-la melhor. — Sim, diria que é.

— É claro que é uma senhora! — confirmou o meu filho.

Quando a folha voltou à palma da minha mão esquerda, tive a estranha impressão de que ela estivera voando entre nós três e que agora precisava repousar. Porém, talvez temendo que ela pudesse de repente escapulir, pousei delicadamente a mão direita sobre a mão esquerda, aprisionando-a bem. Não iria amassá-la nem tampouco sufocá-la.

— Essa folha não é uma borboleta, pai — ponderou o meu filho. — Não vai voar!

— Talvez a senhora rechonchuda pintada nela seja apenas a silhueta de uma borboleta muito rara — eu comentei guardando de repente a folha no bolso da camisa. — Uma linda borboleta veio voando anteontem ao nosso jardim e deitou na folha para descansar. Deixou impressa nela a sua silhueta para sempre. Uma silhueta humana. Pois era uma borboleta-fada.

— Não, não! — protestou o meu filho. — Já disse que a silhueta é a de uma senhora muito antiga!

Olhei para o meu sogro. Senti que ele queria fazer uma pergunta. Fiz um sinal com a mão para o meu filho. Ele me entendeu e aguardou em silêncio (que milagre!) a pergunta do avô.

— Afinal, pescamos um peixe-folha ou um...?

— Pois é... — eu disse vacilante. — Parece que nesse cardume de peixes-folha também tinha uns peixes-balão.

— Quero que me expliquem isso — pediu o meu filho.

— Claro — eu respondi. — Sabe o que é um peixe-folha?

Ele sorriu com ar superior.

— É uma folha que quer nadar no mar — eu expliquei apontando para a baía calma que podíamos avistar do jardim.

— Ora, qualquer folha pode nadar no mar se estiver bem perto da praia — disse prontamente o meu filho. — Então todas estas folhas aqui são peixes-folha, até o peixe-balão é peixe-folha!

— Um peixe-folha é uma folha que *quer* nadar no mar — eu corrigi. — Não basta poder nadar no mar ou estar perto dele...

— Então não tem peixe-balão nesse cardume? — o avô perguntou de olhos arregalados.

Ri da ansiedade dele.

— Temos ou não temos aqui peixes-balão? — eu também me perguntei apenas para prolongar o mistério. — O peixe-balão é uma folha com uma imagem pintada nela, como um balão de festa de aniversário. Mas é também uma folha num cardume que corta o gramado; então, desde que ele *queira* também nadar no mar, torna-se um peixe-folha como os outros. Logo, o peixe-balão é quase sempre uma espécie de peixe-folha!

— Não disse?! — o meu filho exclamou todo cheio de si. — Eu já sabia disso!

— Vejamos o que mais tem nesse riacho — disse o meu sogro apontando para as folhas esparramadas na grama.

Então cada um de nós pegou uma folha do cardume.

Uma mocinha muito atual

Estávamos os três em pé diante do muro de pedra, que é baixinho, olhando o mar. O sol já ia desaparecer à nossa direita, pouco restava dele no horizonte.

— Certamente temos aqui uma moça muito antiga — eu disse ao olhar para a folha com a hastezinha para baixo que o meu filho segurava na palma da mão.

Era um peixe-balão marrom com manchas escuras, e o balão tinha vagamente a forma de um coração.

— A cinturinha é fina — eu continuei.

— A cinturinha é fina, mas a folha é pesada — comentou o meu filho. — Nunca vi uma folha tão dura e pesada na vida.

Pintados no balão, vi dois corações, um sobre o outro. O coração de cima era maior do que o de baixo. Uma cabecinha redonda pairava sobre o primeiro coração, o que representava o peito da criaturinha.

— Talvez seja uma senhora, a senhora mais antiga do mundo —disse o meu filho. — A outra imagem que vimos na folhinha que você guardou no bolso da camisa era a silhueta de um senhor. O senhor mais antigo do mundo.

— Pode ser — disse o meu sogro segurando na palma da mão também uma folhinha. — A minha folha parece uma pena negra de urubu...

— Não sei não — eu respondi. — Precisamos examinar melhor as nossas folhas.

A folha que eu trazia na palma da mão era cinza. Havia três círculos gravados nela: um pequeno, que representava a cabeça, um grande, que representava o tronco, e um menor, que representava o resto do corpo da criaturinha — os três círculos assim dispostos sem dúvida formavam uma silhueta. Nenhum círculo tocava o outro, mas no meio da folha sobressaía a nervura que os interligava como se fosse a coluna vertebral daquela pessoinha.

— Vejam! — gritou de repente o meu filho. — Vejam!

Ele apontou para o quintal do vizinho, onde havia três eucaliptos.

— O que foi? — perguntou o meu sogro, enquanto coçava a pele da mão esquerda com a folha negra que parecia uma pena de peru.

— Uma mulherzinha de camisa vermelha! — gritou o meu filho dando pulos de alegria. — Ela está no galho mais alto daquele eucalipto lá!

Havia de fato uma criaturinha em pé num dos galhos mais altos do eucalipto do meio. De repente ela se inclinou, parecia mexer no tronco ainda banhado de luz do sol.

— O senhor está vendo? — eu perguntei para o meu sogro. — Uma mocinha lá em cima, num galho do eucalipto do meio.

O meu sogro não disse nada; provavelmente ainda não conseguira vislumbrar a figurinha.

— A moça mais antiga do mundo! — gritou o meu filho sem parar de pular e de dar voltas de alegria. — Será de verdade ou apenas uma aparição?!

— Uma aparição de blusa vermelha — eu comentei. — Parece uma moça muito moderninha...

— Ah, agora vi! — exclamou o meu sogro. — Ela está caminhando!

Depois de ficar ereta, a mocinha começou a caminhar tranquilamente de um lado para outro. Foi então que percebi algo inacreditável. Na verdade a mocinha não estava na árvore, mas no topo de um pequeno prédio em construção que ficava atrás dos eucaliptos. De repente ela sumiu, devia ter entrado num cômodo qualquer.

Ficamos parados, cada um com uma folhinha na palma da mão, olhando para o eucalipto.

— Não era ninguém! — disse com desânimo o meu filho.

— Era alguém sim, era a moça que trabalha no prédio atrás dos eucaliptos — eu corrigi o meu filho. — Sei que você preferiria uma aparição, uma mulherzinha do princípio do mundo que tivesse vindo nos visitar nesta tarde calma...

— Vamos entrar — disse o meu sogro. — Senti um mosquito picar o meu tornozelo.

Não nos restava outra coisa a fazer senão entrar. Vi um mosquito avançar na minha direção. Ele subiu do muro de pedra voando como um balãozinho, um balãozinho completamente carbonizado, mas leve e veloz.

— Vamos, Bu — eu disse para o meu filho.

Ele então lançou sobre o muro de pedra a folhinha que tinha na mão. Ela caiu na areia da praia.

— Acho que esse peixe-folha vai se sentir mais feliz na praia — ele explicou. — Quando a maré subir, ela o levará embora. E o peixe-folha encontrará o cardume dele!

O Mergulho

No dia seguinte o riacho de folhas desapareceu, dando lugar a um lago redondo que fervilhava de peixes-folha e peixes-balão (no fundo são todos peixes da mesma espécie), talvez muito ansiosos para nadar no mar, que ficava logo em frente.

O sol havia secado as folhas, mas de repente ele desapareceu. O céu estava nublado.

Eu e o meu filho nos sentamos na beira do lago e mergulhamos nele as nossas pernas. As folhas cobriram os nossos pés. O lago ficava no meio do gramado do jardim e era bem rasinho.

— Gato tanso! — gritou de repente o meu filho.

A nossa velha gatinha passou diante de nós e se deitou tranquilamente no meio do lago.

— Por que você chama a Hanna de "gato tanso"? — eu quis saber. — Acho que é melhor dizer "gata tansa".

— É um *gato tanso* porque vai enlouquecer os peixes-folha! — o meu filho respondeu sem me convencer muito.

Olhei para a gatinha deitada sobre os peixes-folha. Ela lambeu uma das patinhas e depois a passou firmemente atrás da orelha.

— Ela está tomando banho — eu disse. — Não fará mal aos peixes-folha.

— Sabe que eu acho que a Hanna é um pouco peixe? — comentou o meu filho. — Na barriga dela tem uma pele solta que parece uma barbatana...

— Ela foi operada uma vez — eu disse —, mas não fizeram bem o serviço; daí a Hanna ficou com aquela espécie de bolsa frouxa na barriga.

— Talvez você ache que agora ela é um canguru — disse o Bu —, mas eu continuo convencido de que ela tem uma barbatana e não uma bolsa.

— Então ela é um peixe-gato! — eu exclamei.

— Exatamente! — o meu filho concordou. — Por cima ela é um bichano, por baixo um peixe. Logo, a Hanna é um autêntico peixe-gato!

— Por isso ela parece tão satisfeita deitada no meio desse lago...

— Duvido que ela ficasse satisfeita no mar... — ponderou o Bu.

— Realmente, a Hanna não é um peixe-folha — eu confirmei —, pois, como eu disse a você ontem, todo peixe-folha que se preze quer muito nadar no mar!

— Não sei não — o Bu comentou. — Para mim, toda folha que não tem medo de água é peixe-folha, não precisa querer nadar no mar. A folha que toma chuva é um peixe-folha também!

— É isso mesmo! — eu exclamei. — Uma folha que se atira na correnteza de um rio é um peixe-folha!

— Claro, ela é um peixe-folha de água doce! — completou o meu filho.

— É uma pena... — eu comecei a dizer.

O meu filho olhou para mim com o cenho franzido.

— É uma pena — eu prossegui — que a maioria dos peixes-folha de água salgada não consiga nunca nadar no mar...

— Também a maioria dos peixes-folha de água doce não consegue nunca nadar nos rios e lagos — disse o meu filho, talvez tentando me consolar.

Ficamos em silêncio espiando o demorado e minucioso banho da gatinha. Uma ou duas vezes ela olhou para a gente.

— Esses peixes-folha estão fingindo que estão num lago — disse o Bu mexendo os pés sob as folhas. — Este lago parece um lago, mas não é.

— Ontem eles fingiram que estavam num riacho — eu acrescentei.

— Isso os deixa mais felizes — sentenciou o Bu. — E mais felizes ainda devem ficar os peixes-gato, pois eles só apreciam tomar banho em lagos e riachos sem água.

— Você sabia que numa ocasião os peixes-folha se juntaram e em vez de um lago calmo formaram grandes ondas que se espalharam por um pátio de terra? — eu contei relembrando uma história da minha infância.

— Não sabia disso — ele respondeu interessado. — Quando foi?

— Foi há muitos anos em Bela Vista — eu disse. — Na hora do recreio, eu e alguns meninos saímos correndo para o pátio de terra onde costumávamos brincar e encontramos lá vários montes de folhas secas.

— Pareciam montanhas? — quis saber o Bu.

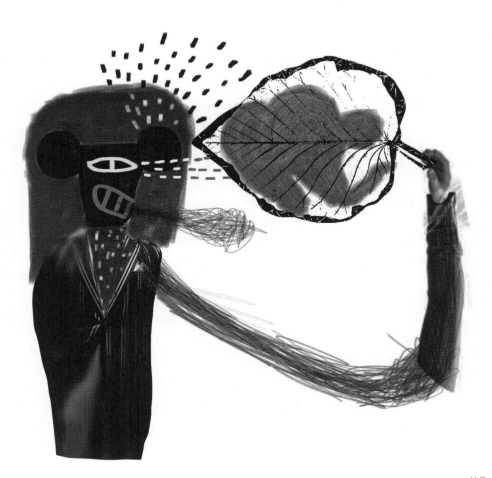

— Pareciam montanhas — eu confirmei. — Mas logo depois verificamos que eram ondas. O pátio se tornara nessa manhã um mar ondulado, grandioso...

— Vocês ficaram com medo, é?

— Não, eu não fiquei. Algo então distraiu a minha atenção: diante da minha escola havia um gramado imenso e, depois dele, um quartel que tinha um muro que parecia infinito. De repente eu vi um aviãozinho: ele veio voando baixo e pousou no gramado, que era bem maior que um campo de aviação.

— Ah! — exclamou o Bu. — Garanto que era um aviãozinho bem, bem pequenininho.

— Bem, era pequeno, mas não tanto — eu disse. — Eu e meus amigos atravessamos a rua e nos aproximamos do avião, que parou bem no meio do gramado. O avião era verde-escuro. Dele desceram dois militares, ambos uniformizados.

— Eram bem pequenininhos, não eram? — o atento Bu se antecipou. — A silhueta deles caberia perfeitamente numa folha, num peixe-folha, num peixe-balão!

— Não, não! — eu esclareci. — Eram altos, eram enormes. Levamos um susto. Então voltamos correndo para a escola.

— O mar ainda estava lá?

— Estava lá, e nós decidimos mergulhar nele!

O meu filho me olhou espantado.

— Cada menino se atirou num monte de folhas! — eu continuei. — Foi muito gostoso, o monte era fofo, seco. Uns se atiraram de barriga, outros de costas. Eu me atirei de joelhos!

— Boa brincadeira — concordou o Bu. — Eu aposto que ia gostar de mergulhar também.

— Para quem não tinha mar, aquilo era uma beleza — eu disse.

— Na sua cidade também tinha um rio ou só tinha gramado?

— Tinha um rio, o Apa, e tinha aquele gramado imenso, do outro lado da rua.

— Esse gramado era da escola?

— Não, era do quartel — eu disse.

— Os peixes-folha de Bela Vista deviam ser de água doce.

— Sim, eram todos de água doce.

— Mas mesmo assim eles criaram um mar! — exclamou o Bu. —Eram espertos!

— Muito espertos — eu concordei. — Aquele mar encrespado no pátio da escola era muito mais interessante do que o gramado do quartel.

O meu filho balançou a cabeça concordando.

O aquário

À tarde o nosso jardineiro foi chamado às pressas para recolher as folhas secas que haviam se espalhado por todo o jardim. Ontem elas haviam formado no gramado um longo riacho; hoje de manhã, um lago redondo; depois do meio-dia, elas simplesmente tomaram conta de tudo.

— Não vim ontem porque estava com dor nas pernas — o homenzinho disse para o meu sogro.

Ele tinha pernas curtas e curvas, mas andava rápido. Apareceu puxando o velho cesto de vime e levando dois rastelos, um sob cada braço. Ao atravessar o gramado, as folhas secas lhe cobriram os tornozelos e as suas pernas se tornaram mais curtas.

Nós estávamos no gazebo, discutindo com o Bu a sua festa de aniversário, que aconteceria no mês seguinte. O gazebo é uma construção isolada diante do mar, mas depois de uma reforma recente ficou de tal maneira desfigurado que acabou parecendo um aquário com paredes e teto de vidro. É verdade que a reforma ainda não estava concluída... Fazia muito calor dentro dele nos dias ensolarados.

— Será que faremos aqui a festa de aniversário do Bu? — perguntou hesitante a minha sogra.

— Por que não? — perguntou o meu sogro. — Se abrirmos bem as portas, o local ficará ventilado e agradável.

— O Bu teve uma ideia inusitada — comentou a minha mulher. — Vamos ouvir o que ele tem a nos dizer.

No gazebo havia uma mesa grande e, na mesa, um prato branco. O nosso Bu olhava atentamente para a borda do prato. Eu espiei por cima do seu ombro e vi, na borda empoeirada, um inseto rechonchudo e dourado. Ele parecia apenas um grão, quase imóvel. Mas de repente abriu as asinhas e saltou abruptamente para a mesa.

— Nossa! — exclamou o meu filho. — Pulou como uma pipoca. Acho que ele estourou! Este gazebo é quente mesmo!

O meu sogro abriu uma porta e a brisa marinha tomou conta do ambiente. Mas imediatamente a minha sogra e a minha mulher exclamaram em uníssono:

— Que frio!

— Cabeça fria, cabeça fria! — aconselhou o Bu. — Daqui a pouco os nossos miolos explodem.

— Mas do que você está falando? — perguntou a minha sogra.

— É só uma frase de efeito — eu esclareci.

— Mas vamos ouvir o que ele tem a nos dizer — disse novamente a minha esposa.

Ficamos todos em silêncio olhando para o Bu, agora em pé na cabeceira da mesa.

— É o seguinte — ele disse por fim. — Não quero no meu aniversário balões comuns: vou decorar as paredes só com peixes-balão.

Imediatamente ele tirou do bolso vários peixes-balão e os espalhou na mesa. Todos nos aproximamos da mesa para examinar as folhas secas.

— Esta aqui é bonita — disse a minha sogra com um dedo pousado na folha que mais lhe atraíra a atenção.

Ela pegou a minúscula folha amarela e a ergueu no ar, girando o braço sobre a mesa a fim de passar esse *chic* balãozinho diante de todos os olhos voltados para ela. Havia uma evidente silhueta na folha, com cabeça, tronco e membros, criada por duas faixas douradas que ondulavam idênticas dos dois lados da nervura...

— Vamos precisar de milhões de folhas como essa — disse a minha mulher.

Eu olhei assustado para ela e expressei numa frase os meus piores receios:

— Não me diga que o Bu quer encher o gazebo de folhas!

— É exatamente o que ele pretende fazer — respondeu a minha esposa.

A minha sogra balançou a cabeça desaprovando essa ideia. Ela então depositou o belo balãozinho dentro do prato branco, como quem diz "lavo as mãos".

— Vou transformar o gazebo num aquário de peixes-folha! — o Bu exclamou exultante.

Nesse exato momento nos chegou da praia a voz de um pescador:

— Olha o peixe-porco, olha o peixe-porco!

— Venham ver — o meu sogro nos chamou, caminhando até o muro de pedra e inclinando-se para falar com o pescador.

Mas não estávamos interessados em peixe-porco. Ficamos olhando para o Bu, que então expôs os seus planos:

— Os meus amigos virão aqui festejar o meu aniversário e mergulharemos no cardume de peixes-folha. Vai ser muito legal! Passaremos o meu aniversário dentro do aquário!

— Vocês vão se sentir numa peça de teatro! — disse com entusiasmo a minha esposa, que é dramaturga. — Imagino vocês enterrados até o pescoço e contando anedotas uns para os outros!

Eu e a minha sogra nos entreolhamos. Era evidente que ela desaprovava essa ideia de comemorar o aniversário do Bu num aquário...

— Aquele peixe-gato ficará do lado de fora do aquário! — o aniversariante exclamou apontando para a Hanna.

A gatinha estava passeando no *deck* que rodeia o gazebo. A cada passo que dava a sua barriguinha-barbatana balançava entre as patas elegantes.

O meu sogro se despediu do pescador e voltou para o gazebo.

— O pescador lançou uma linha com cinco anzóis e pescou de uma só vez cinco peixes-porco — ele comentou.

Nisso apareceu a cozinheira, ela parecia bastante nervosa.

— O que foi? — perguntou o meu sogro.

A cozinheira disse algo, mas falou tão baixinho que ninguém entendeu uma só palavra. Ela tinha uma voz muito baixa.

— Silêncio, por favor — pediu a minha sogra.

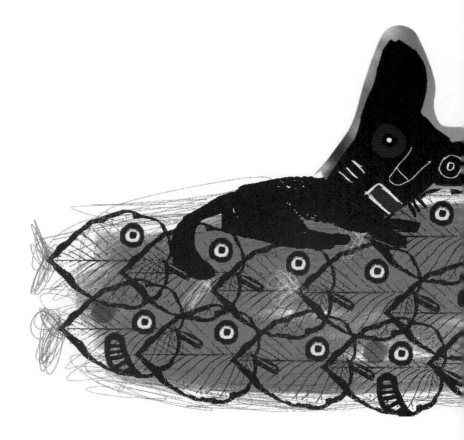

Paramos de respirar. Então a cozinheira repetiu o que dissera. Desta vez conseguimos captar esta frase:

— O jardineiro está lançando as folhas secas no canteiro errado!

— Ora, ora — disse o meu sogro. — Esse homenzinho! Eu pedi que ele jogasse as folhas no canteiro que fiz anteontem. Vamos lá ver!

Seguido pela cozinheira, ele atravessou o gramado do jardim, onde não havia mais uma só folha seca no chão. Que bela limpeza fizera o jardineiro!

— Garanto que a cozinheira e o jardineiro discutiram — comentou com apreensão a minha sogra. — Não aprovo isso.

— A cozinheira não tem voz, mas discute muito com o jardineiro — emendou a minha esposa, resumindo a estranha situação.

— Acho que a nossa cozinheira fala como aquelas pessoinhas de antigamente, aquelas pessoinhas de milhões de anos atrás — comentou o meu filho. — Elas deviam também falar bem, bem baixinho, garanto!

Nisso tocou o celular da minha mulher e ela atendeu.

— Que pessoinhas são essas, Bu? — perguntou a minha sogra enquanto verificava se as portas e janelas do gazebo estavam devidamente fechadas.

— Umas pessoinhas bem pequenininhas que deixaram para sempre as silhuetas delas gravadas nas folhas das árvores — ele explicou. — É que durante muito tempo elas dormiram nas árvores e as árvores ainda hoje se lembram disso. Pois as árvores também sentem como a gente e têm boa memória! Então cada folha que nasce hoje pode trazer a silhueta de um homenzinho ou de uma mulherzinha que viveu aqui há milhões de anos.

— Bu, a tia Ângela quer lhe dar uma ótima sugestão de festa de aniversário — disse a minha esposa lhe estendendo o celular. — Tenho certeza de que você vai gostar.

— A tia Ângela de Campo Grande ou a tia Ângela daqui? — ele perguntou pegando o celular.

— A daqui!

— Alô? — ele disse, e foi saindo do gazebo.

Depois que as folhas esvoaçaram...

Hoje parece inverno, mas é verão. Quando me sentei no escritório, não vi o mar: o horizonte estava branco. O jardim estava branco.

Então li uns versos do meu poeta favorito, Matsuo Bashô (1644-1694), que escreveu uns poeminhas chamados *haikus*.

O *haiku* que li hoje falava, salvo engano, das folhas de uma árvore na cerração, folhas muito diferentes daquelas que anteontem encontrei no chão:

peixe-folha
em branco
peixe-balão?

SOBRE O AUTOR

Sérgio Medeiros traduziu, entre outros livros, o poema maia *Popol Vuh*, em colaboração com Gordon Brotherston, e organizou uma antologia de mitos amazonenses, *Makunaíma e Jurupari*. Publicou vários livros de poesia: *Mais ou menos do que dois*, *Alongamento*, *O sexo vegetal* (já traduzido para o inglês), *Figurantes*, *Totens* e *O choro da aranha* etc.

Este livro foi composto em Celeste pela *Iluminuras* e terminou de ser impresso em maio de 2016 nas oficinas da *Paym Gráfica*, em São Paulo, SP, em papel off-white, 80 gramas.